Jonathan Coe
Replay

Roman

Aus dem Englischen von
Ulrike Wasel und Klaus Timmermann

Piper München Zürich

Von Jonathan Coe liegen in der Serie Piper außerdem vor:
Ein Hauch von Liebe (2433)
Allein mit Shirley (2464)
Das Haus des Schlafes (3070)

Deutsche Erstausgabe
Oktober 2000
© 1990 Jonathan Coe
Titel der englischen Originalausgabe:
»The Dwarves of Death«, Fourth Estate Ltd., London 1990
© der deutschsprachigen Ausgabe:
2000 Piper Verlag GmbH, München
Umschlag: Büro Hamburg
Stefanie Oberbeck, Katrin Hoffmann
Foto Umschlagvorderseite: ZEFA/Esser
Gesamtherstellung: Clausen & Bosse, Leck
Printed in Germany   ISBN 3-492-23139-X

Inhalt

Nuair chì mi eun a' falbh air sgiath,
Bu mhiann leam bhith 'na chuideachd:
Gu'n deanainn cùrs' air tìr mo rùin,
Far bheil an sluagh ri fuireach.

Intro

This night has opened my eyes
and I will never sleep again

Morrissey,
»This Night Has Opened My Eyes«

Es fällt mir schwer zu schildern, was eigentlich passiert ist.

Es war am späten Nachmittag, an einem Samstag, der für Londoner Verhältnisse ziemlich untypisch war. Ich weiß noch, daß wir in dem Jahr einen milden Winter hatten, und um halb fünf war es zwar schon ziemlich dunkel, aber nicht kalt. Außerdem hatte Chester die Heizung an. Sie war defekt, und man konnte sie nur auf Hochtouren laufen lassen oder ganz ausstellen. Die warme Luft aus dem Gebläse machte mich schläfrig. Ich weiß nicht, ob ihr das Gefühl kennt: Man sitzt in einem Auto – es muß noch nicht mal ein sonderlich bequemes Auto sein –, und man ist dösig und vielleicht gar nicht so versessen darauf, endlich am Ziel anzukommen, und man ist merkwürdig ruhig und zufrieden. Man hat das Gefühl, ewig so dasitzen zu können, auf dem Beifahrersitz. Es ist so, als würde man für die Gegenwart leben, glaube ich. Damals war ich nicht besonders gut darin, für die Gegenwart zu leben; das gelang mir fast nur in Autos und Zügen.

Ich saß also da, die Augen halb geschlossen, lauschte, wie Chester die Gänge reinhaute und zuviel Gas gab. Ich muß zugeben, daß ich an dem Tag ganz zufrieden mit mir war. Ich fand, daß ich ein paar gute Entscheidungen getroffen hatte. Kleine Entscheidungen, beispielsweise früh aufstehen, ein Bad nehmen, ordentlich frühstücken, Wäsche waschen und ins Samson's gehen, um den Pianisten zu hören, der mittags dort spielte. Und dann die größeren, während ich allein an einem Tisch saß, Orangensaft trank und »Stella by Starlight« über mich hinwegplätschern ließ. Ich beschloß, Madeline doch nicht anzurufen, sondern abzuwarten, bis sie sich zur Abwechslung mal bei mir meldete. Ich hatte ihr die Kassette geschickt und meine Absichten unmißverständlich klargemacht, also konnte sie verdammt noch mal irgendwie reagieren. Ich hatte noch eine Einheit auf meiner Telefonkarte, und ich konnte statt dessen Chester anrufen. Das war die zweite Sache: Ich hatte beschlossen, auf sein Angebot zurückzukommen. Ich war den anderen aus der Band zu nichts verpflichtet. Ich brauchte einen Tapetenwechsel, eine andere Umgebung. Musikalisch, meine ich. Wir waren eingerostet und müde, und es war an der Zeit auszusteigen. Also ging ich kurz vor der letzten Nummer, so gegen drei, rief Chester von einer Telefonzelle am Cambridge Circus an und fragte ihn, wann ich vorbeikommen sollte.

»Komm sofort«, sagte er. »Wenn du herkommst, kann ich dich im Auto mitnehmen. Die proben um sechs, du kommst einfach mit und lernst sie schon mal kennen. Sie möchten dich alle kennenlernen.«

»Die proben heute abend? Wie – und du willst, daß ich dabei bin?«

»Du kannst dir ja mal angucken, wie's läuft. Und wie es dir so gefällt.«

Bevor ich in die U-Bahn stieg, um zu Chester zu fahren, stand ich noch eine Weile am Circus herum und beobachtete die Leute. Ich sah zu, wie der Himmel von Blau in Schwarz überging, und ich glaube, so wohl wie damals habe ich mich in London weder davor noch danach je wieder gefühlt. Mir war, als wäre ich an einer Art Wendepunkt angekommen. Alle anderen hetzten noch immer mit Panik im Gesicht herum, und ich hatte es irgendwie geschafft innezuhalten, etwas Zeit zu finden, um nachzudenken und einen neuen Weg einzuschlagen. So ein Gefühl hatte ich jedenfalls, etwa eine halbe Stunde lang. Ich hätte es nie für möglich gehalten, daß alles noch schlimmer kommen sollte.

»Du bist doch nicht nervös wegen der Jungs, oder?« fragte Chester mich, als wir in immer dunklere Straßen kamen.

»Wie sind die denn so?«

Er stieß sein übliches kurzes Lachen aus und sagte mit diesem ulkigen, freundlichen Nordlondoner Tonfall: »Wie ich schon sagte, die sind ein bißchen komisch. Ein bißchen sehr merkwürdig.«

»Und wer war der, mit dem ich dich neulich gesehen hab?«

Chester warf mir einen Seitenblick zu, und ich fragte mich, ob es taktlos von mir gewesen war, das zu erwähnen. Doch dann antwortete er durchaus bereitwillig: »Das war Paisley. Er singt und schreibt auch die Texte. Und er ist gut. Na ja, er hat eben richtig Ausstrahlung. Er wirkt total manisch auf der Bühne, flippt echt aus. Ich wünschte bloß, ich könnte ihn von den Drogen wegkriegen. Das ist bei denen immer das gleiche. Die ziehen sich das Scheißzeug ohne Ende rein. Kostet mich ein Vermögen. Vielleicht hast du ja einen guten Einfluß auf sie. Einer, der einigermaßen gut drauf ist wie du, weißt du – vielleicht nehmen sie sich ein Beispiel an dir. Paisley hat seit zwei Monaten keinen Song mehr geschrieben. War viel zu stoned dafür.«

Der Wagen bockte und machte ein gräßliches, knirschendes Geräusch, während Chester es fertigbrachte, an einer Hauptstraße anzuhalten, wieder anzufahren und sie dann zu überqueren.

»Du solltest die Karre mal nachsehen lassen«, sagte ich.

»Hab ich auch vor. Sobald Geld reinkommt, von der Band und allem. Dann laß ich den Wagen gründlich überholen. Oder vielleicht kauf ich mir auch einen neuen. Bloß zur Zeit bin ich ziemlich knapp bei Kasse.«

Chester fuhr einen 1973er Marina, orange. Die Blinker funktionierten nicht, die Heizung war kaputt, und irgendwas mit dem dritten Gang war nicht in Ordnung, und dennoch war der Wagen (wie sein Besitzer) trotz seines Äußeren irgendwie vertrauenerweckend. Man wußte, daß er einen irgendwann hängenlassen würde, ganz übel sogar, aber perverserweise verließ man sich weiter auf ihn. Verwundert machte ich mir klar, daß der Wagen nur ein paar Jahre jünger als Chester selbst war. Chester war erst einundzwanzig; aber aus irgendeinem Grund habe ich schon immer Menschen bewundert, die jünger sind als ich.

»Wir sind gleich da«, sagte er.

Wir fuhren eine hübsche, irgendwie traurige Straße hinunter, mit großen georgianischen Reihenhäusern auf beiden Seiten. Es war die Zeit am Abend, wenn die Lichter schon an, aber die Vorhänge noch nicht zugezogen sind, und durch die Fenster, die in goldenes Licht getaucht waren, konnte ich sehen, wie Familien und Paare das Abendessen zubereiteten, sich etwas zu trinken eingossen. Man konnte förmlich das Basilikum und die Spaghetti Bolognese riechen. Wir waren in North Islington. Ich hatte urplötzlich den Wunsch, in einem dieser Häuser zu sein, selbst etwas zu kochen oder bekocht zu werden, und mit einem Mal wurde mir klar, daß ich heute überhaupt keine richtige Entscheidung getroffen hatte. Ich wünschte mir, daß ich Madeline angerufen hätte, und ich wußte, daß ich es bei der nächstbesten Gelegenheit tun würde. Ich sehnte mich nach ihr nach nur einer Woche Trennung. Und das war das erste Anzeichen dafür, daß die Dinge nicht ganz so einfach lagen, wie ich gedacht hatte.

Das nächste Anzeichen kam, als Chester den Wagen parkte, zu einem Fenster hochzeigte und sagte: »Gut. Sie sind zu Hause.«

Ich blickte hoch und sah nicht etwa ein sanftes, gelbes Quadrat, in dem sich eine häusliche Idylle abspielte, sondern einen merkwürdig fernen, flackernden Lichtstrahl aus reinem Weiß. Er war leuchtend, aber dabei gedämpft und unheimlich. Ich mußte länger hingestarrt haben, denn Chester war inzwischen ausgestiegen und öffnete die Tür auf meiner Seite.

»Mach dich auf was gefaßt, die Hütte ist eine ziemliche Müllhalde«, sagte er. »Aber der Vermieter kümmert sich nicht darum, was die mit dem Haus anstellen. Das geht dem am Arsch vorbei.« Er fingerte mit seinen Schlüsseln herum und schloß die Tür ab. »Als ich nach einem Haus für die Jungs suchte, hab ich von einem Freund von dem hier erfahren. Na ja, vielleicht ist Freund nicht das richtige Wort. Von einem Geschäftspartner, wenn du so willst.« Aus irgendeinem Grund lachte er leise. »Jedenfalls war die Abmachung die, daß er sich nicht daran stört, was sie für ein Chaos anrichten, solange er ab und an hier wohnen kann. So einen Abend pro Woche. Tja, ich hab sofort gewußt, daß das ideal für die Jungs ist, weil mir klar war, daß die jede Wohnung, egal welche, in null Komma nix in einen verdammten Saustall verwandeln würden. Also, ich fand, die Abmachung klang zwar ein bißchen halbseiden, aber ganz praktisch.«

»Wozu braucht er das Haus?«

Chester zuckte die Achseln. »Keine Ahnung.«

»Kriegt ihn denn nie jemand zu Gesicht?«

»Nee.« Er blickte wieder zum Fenster hoch. »Nun hör dir bloß diesen Krach an. Ich weiß nicht, wie die Nachbarn das aushalten.«

Unglaublich laute Musik drang aus dem kaum beleuchteten Fenster. Ich mag experimentelle Musik, und ich mag Jazz, ich mag Dissonanz und Energie, aber was ich da hörte, war beängstigend. Ein Jammern und Kreischen von Saxophonen und Synthesizern und eine Drum-Machine, die einen verrückten Takt vorgab: 11/8 nach meiner Berechnung. In den Nachbarhäusern mußte der Lärm unerträglich sein.

Chester ging zur Haustür, die schief in den Angeln hing, und schlug mit beiden Fäusten dagegen.

»Anders geht's nicht«, sagte er, »sonst hören die dich nicht.«

Während wir warteten, daß jemand aufmachte, erwähnte ich ein Problem, das mich beschäftigt hatte.

»Hör mal, Chester, wenn ich mich entschließe, in der Band mitzumachen, dann ist das für die Alaska Factory – na ja, du weißt schon, die könnte dichtmachen. Ich hab dann keine Zeit mehr, auch noch mit denen zu spielen, und ich glaube nicht, daß sie ohne mich weitermachen können.«

»Ja, ich weiß. Das geht schon in Ordnung.«

»Aber du hast doch nur die beiden Bands. Das wird dein Einkommen halbieren.«

»Ich hab noch andere Geldquellen. Außerdem, was verdiene ich zur Zeit denn schon an euch? Zwei Auftritte die Woche, bei zehn Prozent von je fünfzig Pfund? Ich hab dir schon mal gesagt, mit Live-Musik ist kein Geld zu machen, nur mit einem Plattenvertrag, und den werdet ihr Jungs nicht kriegen. Oder? Ich meine, habt ihr je ein anständiges Demo gemacht?«

Ich tastete nach der Kassette in meiner Tasche – der Aufnahme, die wir erst letzte Woche gemacht hatten, für Madeline. Aber ich sagte nur: »Also?«

»Aber die Jungs da oben, weißt du, die haben Potential. Die haben Energie. Die sind *jung.*« Er ging von der Treppe zurück auf die Straße und schaute zu dem Fenster hoch. »Das ist doch lächerlich. Hey!«

Er legte die Hände trichterförmig an den Mund und rief, doch es nützte auch nichts. Schließlich sorgte eine Handvoll Kieselsteine, die er gegen die Scheibe warf, dafür, daß ein verdutztes, bleiches Gesicht am Fenster erschien, mit langen roten Haaren, die über die Fensterbank hingen. Der Typ lächelte, als er Chester sah.

»Hi!«

»Laßt ihr uns nun rein oder was?«

»Tut mir leid, Chess. Wir hören so gut wie nichts, bei der Musik.«

»Los, beeil dich, ja? Es ist verdammt frisch hier draußen.«

Eigentlich glaube ich, daß ich von uns beiden derjenige war, der mehr fror. Ich trug meinen dünnen, alten Regenmantel, während Chester wie immer tadellos aussah: gefütterte Handschuhe, Lederjacke, Wollmütze, dazu seine stahlblauen, runden Augen und die stämmige Statur, die so wirkte, als wäre er bereit, es mit jedem aufzunehmen. Er machte mißbilligende Geräusche in meine Richtung und rieb energisch die Hände aneinander. Dann wurde endlich die Tür von jemandem aufgerissen, den ich wiedererkannte: Es war Paisley – größer, noch eckiger und sogar noch fahler, als ich ihn in Erinnerung hatte.

»Hi, Chess«, sagte er. »Kommt rein.«

»Wurde auch langsam Zeit«, sagte Chester, als wir eintraten. »Paisley, das ist Bill.«

»Hi.« Er schüttelte mir kühl die Hand.

»Wir haben uns schon mal gesehen«, sagte ich. Chester hustete, und Paisley blickte verwirrt, daher fügte ich hinzu: »Ganz kurz mal, im Goat. Weißt du noch?«

»Nein«, sagte Paisley. »Tut mir leid.«

Wir bahnten uns einen Weg durch einen dunklen Flur, an einem verrosteten Bettgestell vorbei, das an der Wand lehnte, und an mehreren schwarzen Mülltüten entlang, aus denen Abfall auf den Boden quoll.

»Paßt auf mit den Löchern«, sagte Paisley, als er uns die Treppe hinaufführte. Zwei von den Stufen fehlten.

Chester drehte sich zu mir um und flüsterte: »Stört es dich, wenn ich dich als Bill vorstelle?«

»William ist mir lieber«, sagte ich. »Es ist ... na ja, eben nicht so kurz.«

»Okay.«

Ich blieb auf dem ersten Treppenabsatz stehen. Eine Fensterscheibe war eingeschlagen worden, und Scherben lagen noch auf den Dielenbrettern verstreut. Schon jetzt wurde die Musik von oben ohrenbetäubend laut, und ein merkwürdiger, ekelerregender Geruch verpestete die Luft, deshalb steckte ich kurz den Kopf durch den leeren Fensterrahmen nach draußen und schaute auf die adretten rückwärtigen Gärten der anderen Häuser. Chester ging schon vor, während Paisley ein Stück weiter oben auf mich wartete.

»Kommst du?«

Im zweiten Stock löste sich das Rätsel des gedämpft strahlenden Lichts. Paisley führte mich in einen großen Raum – genaugenommen zwei Räume, die man zu einem gemacht hatte, der über die ganze Länge des Hauses verlief. Es gab keine Teppiche, keine Vorhänge und keine Möbel bis auf einen riesigen Eßtisch und sechs oder sieben Holzstühle. Auf dem Kaminsims befand sich die einzige Lichtquelle: eine lange Neonröhre, vermutlich aus irgendeinem Büro oder einer U-Bahn-Station oder so geklaut. Sie verbreitete ein gespenstisch glänzendes Licht, das kaum die dunklen Ecken des Raumes erhellte, dafür aber die Gesichter der vier Personen am Tisch schauerlich plastisch hervortreten ließ: drei Männer und eine Frau. Sie verzehrten gerade ein gigantisches Essen von einem Schnellimbiß: Aluschälchen, große Pappbecher und Stücke alter Zeitungen lagen auf dem Tisch und auf dem Boden unmittelbar daneben, was mich auf den Gedanken brachte, daß das Essen eine Mischung aus chinesischem Fastfood, Kentucky Fried Chicken und Fish & Chips war. Die Luft roch stark nach abgestandenem Dope. In einer Ecke stand ein Elektroherd; alle vier Platten waren an, und sie sollten wohl nicht nur als Wärmequelle dienen, sondern auch als Feuerstelle, um sich jederzeit eine anstecken zu können. Meine Ankunft wurde gar nicht registriert. Sie tranken und rauchten weiter, als wäre ich überhaupt nicht da.

In der vorderen Hälfte des Raums, zur Straße hin, war die Stereoanlage. Keine Hi-Fi-Anlage, wie man sie normalerweise zu Hause stehen hat, sondern eine große Anlage, wie in einer Diskothek, mit zwei Plattentellern, einem Mischpult und 200-Watt-Lautsprechern. Der Krach dieser wahnsinnigen, explosiven Musik war ohrenbetäubend. Ich legte die Finger an die Ohren, und als Chester das sah, drehte er die Musik taktvoll etwas leiser und sagte in den Raum hinein: »Hört mal alle her, das hier ist William. William ist euer neuer Keyboarder. William – darf ich vorstellen, The Unfortunates.«

Ein oder zwei von den Essenden gaben ein gedämpftes Grunzen von sich. Die Frau blickte in meine Richtung. Das war alles.

»Hi«, sagte ich nervös. »Nette Bude habt ihr hier.«

Das löste ein kurzes, hysterisches Auflachen aus.

»Hat Charakter, wie?« sagte jemand.

»Manchmal«, sagte der Typ am anderen Ende des Tisches mit einem tropfenden Garnelenbällchen in der linken Hand, »pinkeln wir abwechselnd auf den Boden. Nur um ihr Charakter zu verleihen.«

»Ja, manchmal kann man den Charakter dieser Bude die halbe Straße runter riechen.«

Ich beschloß, es mit einem anderen Thema zu versuchen.

»Ist das eins von euren Tapes?« fragte ich.

»Was, die Musik da? Nee. Viel zu beschissen melodisch für uns, echt. So haben wir mal geklungen, als wir kommerziell sein wollten. Machen wir nicht mehr. Das da hört sich im Vergleich zu uns an wie die verdammten Pet Shop Boys. Das ist langweilig, echt.«

Chester stellte es ab.

»Hier, ich leg mal eins von ihren Tapes auf«, sagte er. »Damit du eine Vorstellung kriegst, wie sie sich anhören.«

Was ich zu hören bekam, war beunruhigend, aber wenn man genau lauschte, erkannte man einen gewissen Sinn dahinter. Der Rhythmusteil war laut, schnell und minimalistisch, während die beiden Gitarristen – der eine benutzte eine Art Verzerrer, der andere spielte seltsame Funkpatterns hoch oben am Hals – ganz eigene Songs zu spielen schienen. Und dabei hüpfte Paisleys Stimme wie wahnwitzig auf und ab, in allen Tonlagen:

Death is life
Death is life
And black is the colour of the human heart
Death is life
Death is life
You have to die before you can live
You have to kill before you can love

»Guter Text«, sagte ich zu Paisley, als das Stück zu Ende war. »Hast du ihn geschrieben?«

»Ja. Findest du? Ich find ihn nicht so toll. Zu schmalzig.«

»Genau, du solltest ... ihn ein bißchen düsterer machen«, sagte einer am Tisch. »Damit wir nicht irgendwann zu freundlich klingen.«

»Wir klingen nicht zu freundlich, oder?« fragte Paisley.

»Das ist nicht gerade euer Hauptproblem«, sagte ich.

»Meinst du, du könntest was draus machen?« fragte Chester. »Ein paar Keyboards reinbringen, meine ich?«

»Ja, klar.«

»Etwas mit ein bißchen Biß, meine ich. Keine Saiteninstrumente oder so. Wir wollen ja nicht, daß es sich anhört wie Mantovani, verstehst du, was ich meine?«

»Ich denke, ja. Hör zu, Chester ...« Ich tastete in meiner Tasche, und meine Finger schlossen sich um die Kassette. »Ich hab was von mir mitgebracht. Das Tape, das wir gemacht haben, letzte Woche. Ich weiß, du hast es noch nicht gehört, aber ... na ja, ich denke, es ist echt gut. Kann ich es mal einlegen? Damit alle hier eine Vorstellung davon kriegen, was ich so mache.«

Chester schüttelte den Kopf.

»Nicht jetzt, ja? Sonst halten sie uns noch für aufdringlich. Spiel's doch, wenn wir ins Studio fahren.« Er sah auf seine Uhr. »Was wir jetzt besser auf der Stelle machen. So, Leute! Räumt den Mist weg und dann nichts wie los. Wir wollen ausnahmsweise mal pünktlich anfangen.«

Zu meiner Überraschung erfolgte eine langsame, aber eindeutig erkennbare Reaktion. Sie standen auf (die Überreste ihres Essens ließen sie liegen) und fingen an, Mäntel anzuziehen und Instrumentenkoffer zusammenzupacken. Ich habe noch nie kapiert, wie das mit der Autorität funktioniert. Manche Menschen (wie Chester) haben welche, und andere (wie ich) nicht. Dabei liegt es noch nicht einmal daran, daß er besonders groß war. Während sie sich fertig machten, stand er da, zählte alle ab und stellte im Kopf eine Rechnung an.

»Janice, kommst du heute abend mit?«

»Ich dachte schon.«

»Wir brauchen zwei Wagen. Paisley, hast du deinen dabei?«

»Ja.«

»Nimm William mit, ja?«

»Klar.«

Gleich darauf waren alle auf dem Weg hinunter, und nur Paisley und ich blieben oben.

»Worauf wartest du?« fragte Chester ihn.

»Rauch eben noch meinen Joint zu Ende.«

»Verdammt noch mal, Paisley. Das Studio kostet mich fünf Pfund die Stunde. Jedesmal verlieren wir aus irgendeinem Grund eine Stunde. Meistens deinetwegen.« Er wandte sich an mich. »Sorg dafür, daß er pünktlich ist, Bill. Bis gleich.«

Seine Schritte hallten die Treppe hinunter. Von der Straße war zu hören, wie Autotüren geöffnet und zugeschlagen wurden. Dann fuhr der Wagen ab.

Paisley stand langsam auf, bückte sich zu einer Steckdose in der Wand und machte das Licht aus. Er drehte auch alle Herdplatten ab und setzte sich dann wieder.

»Was machst du denn?« fragte ich.

Es war stockdunkel. Ich konnte nur das gelbliche Schimmern seiner Augäpfel sehen, das glänzende Fett in seinen

17

pechschwarzen Haaren und die aufglimmende Spitze seines Joints, als er einen Zug nahm.

»Auch mal?« fragte er und beugte sich vor.

Ich ging zum Fenster.

»Du hast gehört, was Chester gesagt hat. Wir müssen los. Kannst du noch fahren, wenn du das Zeug da geraucht hast?«

»Wir fahren noch nicht. Hab vorher noch was Geschäftliches zu erledigen.«

»Was Geschäftliches?«

»Komm mal her.«

Ich vermutete, daß er mich zu sich winkte, also ging ich zu dem Tisch und setzte mich ihm gegenüber.

»Hat Chester dir von unserem Vermieter erzählt?«

»Ein bißchen.«

»Das ist ein Dealer. Der trifft sich hier mit Leuten. Deshalb proben wir samstags, verstehst du – weil er uns aus dem Haus haben will.«

»Na und?«

»Heute morgen hat irgendwer für ihn angerufen, ganz früh. Die anderen haben noch geschlafen. Und da ist mir diese Idee gekommen.«

Obwohl ich es nicht wissen wollte, fragte ich: »Was für eine Idee?«

»Ich hab mich als er ausgegeben, klar? Der Typ hat nämlich gesagt: ›Ist da Mr. Jones?‹ Ich meine, so ein Name, das ist doch ein Deckname, oder? So heißt doch keiner wirklich – und ich hab gesagt: ›Ja, am Apparat.‹ Da hat er gesagt: ›Heute abend um halb sieben im Haus‹, und ich hab gesagt: ›Worum geht's?‹, und er hat gesagt: ›Wir haben Stoff für dich‹, und ich hab gesagt: ›Was für Stoff?‹, und er hat gesagt: ›Guten Stoff‹, und ich hab gesagt: ›Wieviel Stoff?‹, und er hat gesagt: ›Jede Menge Stoff, Kumpel, massenhaft‹, und ich hab gesagt: ›Alles klar, ich bin hier‹, und er hat gesagt: ›Sorg dafür, daß keiner von den Wichsern da ist‹, und ich hab gesagt: ›Was heißt denn hier Wichser, du Schweinegesicht?‹ Vielleicht hätte ich das nicht sagen sollen, aber es hat ihm anscheinend nichts ausgemacht. Jedenfalls hab ich gesagt: ›Na schön, ich werde allein hier sein‹, und dann hat er aufgelegt.«

»Ich kapier nichts«, sagte ich.

»Na, ich hab da einen Plan, klar?«

Obwohl ich es immer noch nicht wissen wollte, sagte ich: »Was für einen Plan?«

»Paß auf. Die kommen mit dem ganzen Stoff, verstehst du? Und die wollen Geld dafür. Die Sache läuft so, daß ich mir den Stoff kralle, ihnen kein Geld gebe und dann verdufte.« Pause. »Was meinst du?«

»Das ist dein Plan?«

»Ja.«

»Hör mal, Paisley, wie viele von den Dingern hast du heute schon geraucht?«

Wir warteten einige Minuten schweigend. Jedesmal, wenn sich ein Auto näherte, fing mein Herz an, wie wild zu pochen. Die Situation war absurd. Wieso konnte mein Leben nicht ein einziges Mal einfach sein? Ich wollte doch nichts anderes, als in einer neuen Band vorspielen. Wieso mußte ich plötzlich in so etwas hineingeraten?

»Paisley, deine Idee ist bescheuert«, sagte ich schließlich. »Los, wir fahren zu den anderen. Ich meine, wenn du wirklich denkst, die Typen kommen hier reinspaziert und geben dir seelenruhig ... Sag mal, wie alt bist du?«

»Achtzehn.«

»Herrgott, du bist erst achtzehn, du willst dich doch wohl nicht auf solche Sachen einlassen? Auf Drogengeschäfte und Verbrechen, und das in deinem Alter. Du willst *Sänger* werden, verdammt noch mal. Du hast eine super Stimme, du hast einen Manager, der von dir begeistert ist ...«

»Findest du, ich hab eine gute Stimme?«

»Ja klar. Hör mal, das muß ich dir doch wohl nicht erst sagen.«

Er runzelte die Stirn. »Ich weiß nicht. Manchmal klingt sie nicht so gut.«

»Weißt du was? Wir haben einen Sänger in unserer Band, ja? Und für den bist du sozusagen … Sinatra. Du bist Nat King Cole. Marvin Gaye. Robert Wyatt.«

»Im Ernst?«

»Wir haben gerade das neue Demotape gemacht. Hier, hör mal rein.« Ich nahm die Kassette aus meiner Tasche und reichte sie ihm im Dunkeln. »Hör dir an, wie er klingt. Ich meine, er ist nicht schlecht, es ist nicht peinlich oder so. Aber überleg mal, was du aus so einem Song machen könntest.«

»Wie? Das hast du selbst geschrieben?«

»Ja. Es ist … na ja, es ist eigentlich ein sehr persönlicher Song. Ich hätte gern, daß du ihn dir anhörst, und vielleicht hör ich ja irgendwann mal, wie du ihn singst.«

In dem Moment hielt draußen vor dem Haus ein Auto. Zwei Türen schlugen.

»Das sind sie.«

Er schob sich die Kassette in die Jackentasche, stand auf und ging zu dem Fenster, von dem aus man die Straße im Blick hatte. Leise trat ich neben ihn und sah den Wagen draußen parken, mit eingeschaltetem Standlicht.

»Kannst du sie sehen?«

Ich meinte wahrzunehmen, wie Gestalten in den Schatten vor der Haustür huschten, aber ich war mir nicht sicher. Dann hörten wir Schritte im Flur.

»Es sind zwei«, sagte ich.

Jetzt konnte ich Paisleys Gesicht sehen. Er hatte offenbar Angst, sogar noch größere Angst als ich.

»Hast du eine Ahnung, was du machen willst?«

»Pst.«

Von unten rief eine Stimme: »Hallo!«

Paisley ging zur Tür und rief mit verstellter Stimme: »Hier oben!«

Die Schritte kamen die Treppe hoch, langsam. Wir hörten

einen dumpfen Schlag und jemanden »Scheiße!« fluchen, wo die Treppenstufen fehlten. Paisley wich in die Mitte des Raums zurück, wo die Wand herausgeschlagen worden war. Ich blieb, wo ich war, neben dem Fenster.

Die Schritte verharrten auf dem ersten Treppenabsatz, und wir hörten eine Stimme sagen: »Verdammt dunkel hier, was?«

»Schnauze«, sagte die andere.

»Wir sind hier oben!« rief Paisley. Seine Stimme zitterte jetzt.

Die Schritte kamen näher, wurden immer langsamer. Vor dem Raum blieben sie stehen.

»Hier drinnen«, sagte Paisley.

Es fällt mir schwer zu schildern, was dann passiert ist. Es war lange still, sehr lange, und dann waren weitere Schritte zu hören. Plötzlich standen zwei Gestalten im Türrahmen, etwas voneinander entfernt, bedrohlich und wortlos, ihre kleinen Körper waren nur als Silhouetten sichtbar. Sie trugen Kapuzen und hatten schwere Holzknüppel in der Hand, und die beiden waren höchstens einen knappen Meter groß. Ich weiß nicht, wie lange sie so dastanden. Paisley starrte sie bloß an, wie angewurzelt vor Schock und Entsetzen, bis die beiden Gestalten vortraten und einen Schrei ausstießen – einen schrecklichen, eisigen, hohen Schrei. Mit einem Mal liefen sie auf ihn zu, und dann sprang einer von ihnen auf den Tisch. Der andere schwang seinen Knüppel und fing an, Paisley damit gegen die Beine zu schlagen. Paisley drehte sich um, und von irgendwoher holte er ein Messer hervor und stach damit wie verrückt in der Luft herum. Auch er rief etwas. Ich weiß nicht mehr, was. Dann gelang es ihm wohl, den kleinen Mann in die Hand zu stechen, denn der ließ seinen Knüppel fallen und schrie: »Scheiße! Scheiße! Scheiße!«, und er packte den unteren Teil von Paisleys Jacke und versuchte, ihn nach unten zu ziehen. Doch inzwischen

21

stand der andere, der auf dem Tisch, genau über Paisley, und bevor ich Paisley warnen oder irgendwas tun konnte, hatte er ihn auf den Kopf geschlagen, und es gab so ein Geräusch wie von einer Eierschale, die aufbricht, wenn man sich ein Omelett macht. Und dann lag Paisley auf dem Boden, und die nächsten paar Minuten machten sie sich beide über ihn her, prügelten das Leben aus ihm heraus, bis von seinem Kopf überhaupt nichts mehr übrig war und sie beide vor Erschöpfung nicht mehr konnten.

Sie hatten noch immer nicht bemerkt, daß ich da war. Ich kauerte unter der Fensterbank – keine sehr gute Idee, wenn man es recht bedenkt, weil ich so auf Augenhöhe mit ihnen war –, aber es war wohl zu dunkel, als daß man mich hätte sehen können. Ich hockte einfach da und blickte auf die beiden kleinen Gestalten, wie sie sich über Paisleys Körper beugten. Der eine hatte sich die verwundete Hand zwischen die Knie geklemmt, er mußte schlimme Schmerzen haben.

»Komm schon«, sagte der andere. »Nichts wie weg hier.«

Der andere reagierte nicht, sondern gab nur ein undeutliches Murren von sich, gefolgt von einem Stöhnen.

»Nun komm endlich, verdammt noch mal. Runter zum Wagen.«

»Die Jacke.«

»Was?«

»Wir müssen seine Jacke mitnehmen. Da ist mein Blut dran, und meine Fingerabdrücke.«

»Himmelherrgott, verflucht noch mal.«

Er ließ seinen Knüppel fallen, drehte Paisleys Leichnam um und zog ihm mühsam die Jacke aus.

»Und seine Hose. Die ist auch voller Blut, sieh doch mal.«

Also zogen sie ihm auch die Hose aus und wickelten sie um die noch immer blutende Hand.

»Los jetzt, raus hier. Mach schon.«

Auf dem Weg zur Tür blieb der Verletzte nachdenklich stehen. Er schüttelte den Kopf und sagte: »Das hat ja nicht gerade Spaß gemacht.«

»Mir auch nicht.«

Und dann polterten sie die Treppe hinunter, die beiden kleinen Männer, und ich blieb zurück, zitternd und schlotternd unter dem Fenster, allein mit dem toten Paisley. Ich hörte, wie die beiden Autotüren geöffnet wurden und der Wagen anfuhr, noch bevor die Türen wieder zuschlugen.

Ich rührte mich eine Weile nicht vom Fleck, Gott weiß wie lange. Ich ging auch nicht in die Nähe des Toten. Ich machte nicht einmal einen Schritt über ihn hinweg – ich machte einen Bogen um ihn, so groß, wie es in dem Raum möglich war. Dann stieg auch ich die Treppe hinab; langsam, Stufe für Stufe, und hielt mich dabei krampfhaft am Geländer fest. An der Haustür blieb ich stehen, sog die frische Luft ein. Ich glaube, mein Verstand hatte noch gar nicht begriffen, was ich da kurz zuvor mit angesehen hatte.

Hinterher habe ich mir überlegt, daß die Polizei das Haus schon eine Zeitlang beobachtet haben mußte. Vielleicht hatte sie sogar das Telefon abgehört oder so. Als ich nach draußen trat, sah ich jedenfalls als erstes einen Polizeiwagen die Straße hinunter in meine Richtung rasen. Und ehe ich mich's versah, hatte der Wagen auch schon vor der Haustür gehalten; daher hatten die beiden Beamten mein Gesicht bestimmt genau erkannt, wie ich so dastand und überlegte, was ich verdammt noch mal als nächstes tun sollte. Dann, nach einigen verhängnisvollen Augenblicken der Unentschlossenheit, kam mein Gehirn langsam wieder in Gang. In der Zeit, die sie brauchten, um aus dem Wagen zu steigen, wurde mir klar, daß sie mich, ganz gleich, wie ich ihnen meine Anwesenheit erklärte, verdächtigen würden, mit dem Verbrechen zu tun zu haben, vielleicht sogar, es selbst begangen zu haben.

Also machte ich kehrt und lief wieder die Treppe hinauf. Ich konnte hören, daß sie hinter mir herkamen. Als ich den ersten Treppenabsatz erreichte, fiel mir das kaputte Fenster ein. Ich kletterte hindurch und ging in die Hocke, bereit zum Sprung. Ich bin sicher, daß sie mich erwischt hätten, daß sie mich eingeholt hätten, wenn die fehlenden Stufen nicht gewesen wären. Ich hörte das Geräusch von nachgebendem Holz und einen Schmerzensschrei, und ich wußte, daß einer von ihnen durchgebrochen war.

»Alles in Ordnung?« rief sein Kollege. »Alles in Ordnung?«

Das war meine Chance. Ich sprang und landete tief in dem langen, nassen, weichen Gras. Der ganze Garten war wie ein Dschungel. Ich lief schnurstracks auf das Ende des Gartens zu, taumelte und strauchelte über Dornenbüsche, Äste, alte, zerbrochene Milchflaschen – allen möglichen Unrat –, und dann schließlich kletterte ich über die Mauer und befand mich unversehens in einer ruhigen, unbeleuchteten Gasse.

Ich hatte mehr Angst als je zuvor in meinem Leben. Viel mehr. Daher fiel es mir trotz meiner Müdigkeit nicht schwer weiterzulaufen. Beim Laufen, wißt ihr, mußte ich nämlich nicht nachdenken.

Ich wollte den schwierigen Teil hinter mich bringen – die Schilderung dessen, was an jenem Abend in Islington geschehen ist. Obwohl die Versuchung, euch zu erzählen, wie es weiterging und wie das alles endete, jetzt natürlich groß ist, gibt es einiges, was ich zuvor noch erklären muß. Ich muß das mit Madeline und Karla und London erklären, und warum ich überhaupt in Paisleys Band wollte. Es ist schwer zu sagen, wo ich anfangen soll – ob es einen bestimmten Zeitpunkt gab, von dem an alles den Bach runterging. Aber ich glaube schon, daß es einen gab. Angefangen hat alles an einem bestimmten Abend, und einen Schuldigen gab es auch. Ja, ich weiß, auf wen ich anklagend mit dem Finger zeigen kann.

Denn meiner Meinung nach fing alles mit Andrew Lloyd Webber an.

Erstes Thema

Boy afraid
prudence never pays
and everything she wants costs money

Morrissey,
»Girl Afraid«

Warum nur kann ich die Musik von Andrew Lloyd Webber einfach nicht ausstehen? Ich denke, es ist der gleiche Grund, aus dem ich London nicht ausstehen kann: weil sie mittelmäßig ist und die Leute trotzdem in Scharen kommen, als wäre sie das einzige auf der Welt, was man unbedingt erleben muß. Zum Beispiel die Vorstellung vom »Phantom der Oper«. Es war an einem Donnerstagabend, mehr als zwei Wochen vor den Ereignissen, die ich bereits geschildert habe. Ich hatte Madeline seit Tagen nicht gesehen, und ich freute mich wirklich darauf, wieder mit ihr zusammenzusein. Eigentlich hätte es ein schöner Abend werden müssen; statt dessen wurde er eine Katastrophe. Und an allem war bloß dieser Scheißkerl schuld.

Es gibt Leute, die Andrew Lloyd Webber vorwerfen, er würde die Melodien anderer Leute klauen, aber damit traut man ihm immerhin eine gewisse Unverfrorenheit zu, die ihn interessanter machen würde, als er eigentlich ist. Zugegeben, eine von den Kadenzen in »Think of Me« klingt haargenau wie Puccinis »O Mio Bambino Caro«; und es gibt da tatsächlich eine wiederkehrende Phrase, die zweifellos aus Prokofjews »Aschenbrödel« abgekupfert wurde. Aber ich bin der Überzeugung, daß hier eine noch ausgeprägtere Form von Unoriginalität am Werke ist. Musikalische Ideen, die

Lloyd Webber neu erscheinen, waren vor fünfzig, sechzig, siebzig Jahren einfach allgemein verbreitet. Kein Wunder, daß ihm irgendwelche Spinner Aufnahmen von ihren eigenen Kompositionen schicken und behaupten, er hätte sie plagiiert: Tumbe Menschen liegen meist auf derselben Wellenlänge, und jeder, der auch nur ansatzweise ein Ohr für Melodien hat, könnte so ein Zeug produzieren. Und dann rührt er das alles zusammen, ohne sich um Stil, Zeit oder Genre zu scheren – Elemente aus einer Pastiche-Operette führen zu Passagen stupider Rockmusik (inklusive Drum-Machine), und eine absurde, schauerlich klingende Orgel (genauer gesagt eine DX 31) spielt unaufhörlich genau die chromatischen Tonleitern rauf und runter, die nach der Auffassung eines jeden Teenagers in den Soundtrack eines Horrorfilms gehören. Und das Publikum schluckt das alles einfach so. Die Leute finden es toll. Ein Phänomen, das mir einfach unbegreiflich ist.

Und was für eine Mühe, was für ein lächerliches, zermürbendes Theater hatte ich durchmachen müssen, nur um mir diesen ausgemachten Mist anzuhören. Habt ihr überhaupt eine Vorstellung davon, wie schwer es ist, an Karten für das Musical ranzukommen? Hatte Madeline, so fragte ich mich, überhaupt eine Vorstellung davon, als sie den Vorschlag machte? Nachdem ich immer wieder an der Theaterkasse nachgefragt hatte, wurde mir schließlich gesagt, ich hätte die besten Chancen, wenn ich am Tag der Vorstellung vorbeikäme, und zwar früh. Also reihte ich mich um fünf Uhr morgens in die Schlange – *fünf Uhr*, ihr habt richtig gelesen –, hinter eine Gruppe japanischer Geschäftsleute, und ich blieb bis fast halb elf (womit ich zwei Stunden zu spät zur Arbeit kam), nur um erleben zu dürfen, daß die letzten Karten an die Leute gingen, die fünf Plätze vor mir in der Schlange standen. Also rief ich dann in meiner Mittagspause eine Theateragentur an, wo man mir sagte, daß sie tatsächlich noch ein paar Karten hatten – zurückgegebene oder so –, aber ich könne sie nur bekommen, wenn ich persönlich vorbeikäme und sie direkt bezahlte, und dann fischten sie sie unter der Theke hervor, und ich mußte neunzig Pfund hinblättern (mir wird schlecht, wenn ich nur daran denke), für zwei Plätze. Sie können sich also vorstellen, in welcher Stimmung ich war, als ich mich mit Madeline am Theater traf, und es wurde auch nicht besser, als wir unsere Plätze einnahmen – die übrigens gar nicht schlecht waren –, denn kurz bevor die Vorstellung anfing, tauchte ein Zweimeterriese auf und setzte sich direkt vor mich, so daß ich den ganzen Abend nichts anderes zu sehen bekam als seine dicke, fette Smokingjacke und seinen pickeligen Nacken. Von der Vorstellung sah ich nicht das geringste. Ich hätte genausogut zu Hause bleiben und mir die Platte anhören können.

Nicht, daß ich besonders auf die Musik geachtet hätte, um ehrlich zu sein. Eine Verabredung mit Madeline war immer etwas ganz Besonderes, und fast die ganze Zeit dachte ich daran, was wir anschließend machen würden, ob wir was trinken gehen würden, was ich zu ihr sagen würde, ob ich sie würde küssen dürfen. Ich bin sicher, daß schon bessere Komponisten als Andrew Lloyd Webber darunter gelitten haben, daß Musicals und Konzerte zu zehn Prozent Kunstwerke sind und zu neunzig Prozent Zwischenstationen beim Paarungsritual. Es ist schon komisch, wenn man sich vorstellt, wie beispielsweise Debussy über der Orchestrierung irgendeiner Taktfolge in »Pelléas et Mélisande« gebrütet hat, ohne daran zu denken, daß die meisten Männer im Publikum nur mit der Frage beschäftigt sein würden, ob sie wohl Erfolg haben, wenn sie eine Hand auf das Knie ihrer Freundin legen, eine Frage, die sie so beschäftigt, daß die Musik ihnen schnurzegal ist. Was soll man machen, das ist nur natürlich. Jede ihrer Bewegungen, jede noch so kleine unbewußte Geste war für mich interessanter als alles, was auf der Bühne passierte (wovon ich ohnehin nichts sehen konnte). An der Stelle zum Beispiel, wo angeblich allen der Atem stockt, wenn der Kronleuchter plötzlich von der Decke runterkommt, wischte Madeline sich über die Wange, was viel aufregender war. Ich registrierte auch die kleinste Veränderung des Abstandes zwischen uns. Jedesmal, wenn sie sich in meine Richtung lehnte, schlug mein Herz schneller. Einmal beugte sie sich nach vorn und näher zu mir herüber, und ich dachte schon, mein Gott, gleich berührt sie mich. Aber ihr war der Schuh vom Fuß gerutscht, und sie wollte ihn bloß wieder anziehen.

Ich glaube, alles war besser, als diesem Mist wirklich zuzuhören.

Dann kamen der tosende Applaus und die Schlange zum Ausgang, und wir gingen im Gedränge die Treppe hinab und waren plötzlich draußen, mitten in einer naßkalten und lauten Londoner Nacht. Taxis und Busse fuhren im Schritttempo vorbei, ihre Reifen platschten und zischten, ihre Scheinwerfer spiegelten sich auf der Straßendecke.

Ich dachte, was soll's, und hakte mich bei Madeline unter. Wie üblich widersetzte sie sich weder, noch ermutigte sie mich. Sie ließ meinen Arm lediglich da, wo er war, und ich hatte nicht den Mut, noch weiterzugehen und ihre Hand zu nehmen. Wir gingen seit fast sechs Monaten miteinander.

»Tja ...«, sagte ich schließlich, als wir ohne besonderen Grund in Richtung Piccadilly Circus schlenderten.

»Hat's dir gefallen?« fragte sie.

»Dir?«

»Ja. Sehr. Ich fand es wunderbar.«

Ich drückte ihren Arm.

»Du hast einen guten Sinn für Humor«, sagte ich.

»Was meinst du?«

»Das mag ich so an dir. Deinen Humor. Ich meine, wir können zusammen lachen. Du sagst was Ironisches, und ich weiß genau, wie du das meinst.«

»Das war nicht ironisch gemeint. Es hat mir wirklich gefallen.«

»Da, schon wieder. Doppelte Ironie, find ich herrlich. Weißt du, es ist toll, wenn zwei Menschen den gleichen Humor haben, das … sagt wirklich was über sie aus.«

»William, ich meine das nicht ironisch. Es hat mir heute abend gefallen. Es war ein schönes Musical. Verstehst du?«

Wir waren stehengeblieben. Wir hatten uns voneinander gelöst und blickten einander an.

»Meinst du das ernst? *Das* hat dir gefallen?«

»Ja, dir etwa nicht? Was war denn daran nicht in Ordnung?«

Wir gingen weiter. Diesmal getrennt.

»Die Musik war oberflächlich und durchschnittlich. Harmonisch primitiv und melodisch zweitklassig. Die Handlung basierte auf billigen emotionalen Effekten und blankem Pathos. Die Inszenierung war protzig, kitschig und zutiefst reaktionär.«

»Du meinst, es hat dir nicht gefallen?«

Einen Moment lang blickte ich direkt in ihre traurigen, grauen Augen. Aber ich schüttelte dennoch den Kopf.

»Richtig, es hat mir nicht gefallen.« Wir gingen schweigend weiter. »Ich meine, was hat dir denn daran gefallen?«

»Ich weiß nicht. Wieso mußt du immer alles analysieren? Es war … es war schön.«

»Toll. Verstehe. Sag mal, was hast du eigentlich mit der Einladung zum ›Critics' Forum‹ gemacht? Bist du hingegangen?«

»Ich weiß nicht, wovon du redest. Ich bin nirgendwohin eingeladen worden.«

»Merkst du nicht, wenn ich was ironisch meine?«

»Nein.«

Wir waren fast am Piccadilly Circus. Vor einer Pizzeria blieben wir stehen. Mir war klar, daß ich sie verärgert hatte, aber ich konnte mich nicht dazu durchringen, irgend etwas dagegen zu unternehmen.

»Was möchtest du jetzt machen?« fragte ich.

»Ist mir egal.«

»Möchtest du was trinken gehen?«

»Ist mir egal.«

»Los, komm.« Ich hakte mich wieder bei ihr ein und führte sie in Richtung Soho. »Weißt du, es wäre schön, wenn du ab und zu mal eine Meinung äußern würdest. Es würde alles einfacher machen. Statt alle Entscheidungen mir zu überlassen.«

»Gerade eben habe ich eine Meinung geäußert, und du hast dich über mich lustig gemacht. Wohin gehen wir überhaupt?«

»Ich hab gedacht, wir gehen ins Samson's. Einverstanden?«

»Von mir aus. Du willst wieder deinen Freund spielen hören, nicht?«

»Kann sein, daß er heute abend da ist, ich weiß nicht.« In Wirklichkeit hatte Tony mich noch am Tag zuvor angerufen. Ich wußte ganz genau, daß er an dem Abend dort spielen würde. »Mußt du ihn ›meinen Freund‹ nennen? Du weißt doch, wie er heißt, oder?«

Ich war so sehr in Madeline verliebt, daß ich manchmal bei der Arbeit anfing zu zittern, wenn ich nur an sie dachte: Ich erbebte vor Panik und Freude, so daß ich Stapel von Schallplatten und Kassetten fallen ließ und ein heilloses Durcheinander anrichtete. Daher störte es mich auch nicht weiter, daß wir uns nie besonders gut verstanden. Mich mit Madeline zu streiten war für mich reizvoller, als mit irgendeiner anderen Frau auf der Welt zu schlafen. Die Vorstellung, zusammen mit ihr glücklich zu sein – also im selben Bett zu liegen, schweigend und halb eingeschlafen –, erschien mir so unglaublich schön, daß ich es mir nicht mal ansatzweise ausmalen konnte. Im Grunde meines Herzens war ich sicher, daß es niemals dazu kommen würde, und so schätzte ich mich schon glücklich genug, mit ihr an einem kalten Winterabend im übleren Teil von Soho kleine Nervereien auszutauschen. Ich bezweifle, daß sie dasselbe empfand; aber was genau empfand sie eigentlich?

Sie war immer ein Rätsel für mich, und ich werde mich nicht zu der abartigen Theorie versteigen, daß das Teil ihrer Anziehungskraft auf mich war. Es ging mir ungemein auf die Nerven. Solange ich Madeline kannte, hatte ich immer das Gefühl, daß sie nicht dazugehörte – nicht zu mir, nicht zu London, nicht zum Rest der Welt. Es fiel mir auf, als ich sie das erste Mal sah: Sie wirkte so fehl am Platz in der düsteren Bar, wo ich Klavier spielte. Ich war seit einem Jahr in London, und ich hatte gedacht, der Job würde mir eine erste richtige Chance bieten. Eine Kneipe in einer Seitenstraße der Fulham Road, die einen schäbigen Stutzflügel hatte und sich »Jazzclub« nannte: Ich hatte eine Anzeige in »The Stage« gelesen, und sie boten mir zwanzig Pfund auf die Hand und drei alkoholfreie Cocktails meiner Wahl, und ich sollte an einem Mittwoch abend spielen. Ich war um sechs Uhr da und hatte ganz schön Fracksausen, weil ich fünf Stunden spielen sollte, und das mit einem Repertoire von fünf Standardstücken und ein paar eigenen Songs – Material, das gerade mal für fünfzig Minuten reichte. Meine Sorge war unbegründet, denn den ganzen Abend war nur ein einziger Gast da, eine Frau, die um acht Uhr kam und bis zum Schluß blieb. Es war Madeline.

Ich konnte es gar nicht fassen, daß eine so gut gekleidete und so hübsche Frau den ganzen Abend allein in einer solchen Kaschemme verbrachte. Wenn noch andere Gäste dagewesen wären, hätten sie vielleicht versucht, sich an sie ranzumachen. Ich bin sogar sicher, daß sie das versucht hätten. Weil sich nämlich dauernd irgendwer an sie ranmachen wollte. An dem Abend war nur ich da, und sogar ich versuchte, mich an sie ranzumachen, wobei ich so etwas noch nie zuvor getan hatte. Aber wenn man fast eine Stunde lang seine eigene Musik vor einer einzigen Zuhörerin gespielt hat und sie nach jeder Nummer geklatscht und einen angelächelt und sogar einmal gesagt hat: »Das war schön«, dann hat man das Gefühl, das Recht dazu zu haben. Es wäre unhöflich gewesen, es nicht zu tun. Also holte ich in der nächsten Pause meinen Drink an der Bar ab und ging zu ihrem Tisch und sagte: »Darf ich mich dazusetzen?«

»Ja, sehr gerne.«

»Darf ich dich zu einem Drink einladen?«

»Nein danke, im Moment möchte ich nichts.«

Sie trank trockenen Weißwein. Ich setzte mich auf einen Hocker ihr gegenüber, um nicht zu aufdringlich zu erscheinen.

»Ist es hier immer so ruhig?« fragte ich.

»Ich weiß nicht. Ich bin das erste Mal hier.«

»Ziemlich altmodischer Laden, nicht? Für die Gegend hier, meine ich.«

»Er hat gerade erst aufgemacht. Wahrscheinlich dauert es eine Weile, bis er richtig läuft.«

Sie war so wunderschön. Sie hatte kurze, blonde Haare und einen grauen, taillierten Blazer, einen Wollrock, der bis knapp oberhalb des Knies ging, und schwarze Seidenstrümpfe – nichts Provokatives, wohlgemerkt, einfach nur geschmackvoll. Sie trug kleine, goldbesetzte Ohrringe und Lippenstift, der vermutlich nur deshalb so dunkelrot wirkte, weil sie einen so blassen Teint hatte. Mir fiel gleich auf, daß ihr Mund schlagartig von einem überaus runden und glücklichen Lächeln zu einem bedrückten, melancholischen Ausdruck wechseln konnte, der bei ihr eher normal war. Ihre Stimme war hell und wohlklingend, und ihre Aussprache – wie alles andere an ihr – zeigte, daß sie aus besseren Kreisen stammte. Die Hände waren klein und weiß, und die Fingernägel waren nicht lackiert.

»Mir gefällt es, wie du Klavier spielst«, sagte sie. »Wirst du ab jetzt jede Woche hier spielen?«

»Ich weiß noch nicht. Kommt drauf an.« (Ich habe nie

wieder dort gespielt, wie sich später herausstellen sollte.)
»Wartest du ... auf jemanden? Oder bist du allein hier?«

»Ich gehe oft allein aus«, sagte sie und fügte hinzu: »Aber
heute abend war ich mit jemandem verabredet, wir wollten
zusammen essen gehen. Doch dann hat er angerufen und ab-
gesagt, und ich hatte mich schon fertig gemacht und keine
Lust, zu Hause zu bleiben. Da hab ich mir gedacht, ich schau
mir mal an, wie es hier so ist.«

»Das war rücksichtslos von ihm.«

»Er ist ein alter Freund. Es macht mir nichts aus.«

»Wohnst du hier in der Nähe?«

»Ja, nicht weit von hier. South Kensington. Und du?«

»Oh, für mich ist diese Gegend eine andere Welt. Ich
wohne in South East London. In einer Sozialbausiedlung.«

Nach einer Pause sagte sie: »Darf ich dich um was bitten?
Ich meine, einen Wunsch äußern. Ein Musikstück.«

Sofort packte mich eine nervöse Beklemmung. Wißt ihr,
der Grund, warum ich nie das Zeug zum Cocktailbarpiani-
sten hatte, ist der, daß mein Repertoire einfach nicht groß genug war, und ich hatte einfach kein Talent dafür, nach Gehör
zu spielen. Die Gäste bitten einen Pianisten ständig, ein be-
stimmtes Stück zu spielen, und um mich für solche Situationen abzusichern, hätte ich jedes Standardstück lernen müssen. Das hätte Monate gedauert. Normalerweise brauchte
ich einige Stunden, um ein Stück in den Griff zu kriegen,
manchmal länger. Zum Beispiel »My Funny Valentine«. Die
Melodie ist nicht schwierig, doch die mittleren acht Takte
waren eine so harte Nuß für mich, daß ich geschlagene zwei
Tage brauchte, bis sie genau so klangen, wie ich es wollte.
Ich hatte mir einige der bekanntesten Schallplatten angehört,
um zu hören, wie die großen Meister es spielten, und letzt-
lich, wie ich fand, ein paar ganz hübsche Eigeninterpretatio-
nen zustande gebracht. Ich kriegte es jetzt ganz gut hin,
dachte ich, aber das war das Ergebnis von zwei Tagen harter
Arbeit gewesen, und ganz gleich was für ein Stück sie sich

jetzt von mir wünschen würde, auch wenn ich in groben Zügen wußte, wie die Melodie ging, es mußte zwangsläufig schrecklich und amateurhaft und peinlich klingen.

»Na ja ... ich kann's versuchen«, sagte ich dennoch, aus irgendeinem Grund.

»Kennst du ›My Funny Valentine‹?«

Ich runzelte die Stirn. »Also ... der Titel kommt mir bekannt vor. Aber ich hab kein gutes Gedächtnis. Könntest du mir die Melodie kurz vorsummen?«

Hätte das nicht jeder so gemacht?

Ich glaube, es war die beste Version, die ich je gespielt habe. Eine bessere ist mir seitdem nicht mehr gelungen: ein richtiger Herzensbrecher. Die Noten geben zwar im zweiten Takt G7 als Akkord vor, aber meistens – so auch im zehnten Takt – ersetzte ich den d-Moll-Septimakkord durch eine erniedrigte Quinte, nur spielte ich die zweite Umkehrung, mit einem As als Grundton. Ihr solltet das mal ausprobieren. Es färbt die Melodie wirklich dunkler. Im Mittelteil dann nahm ich anstelle der augmentierten Bs simple As-Dur-Septimakkorde – und einmal probierte ich sogar eine kleine None, woran ich zuvor noch nicht einmal gedacht hatte (zum Glück konnte ich die Neuigkeit meiner rechten Hand rechtzeitig mitteilen). Ich zog das Stück zu sechs Variationen in die Länge, spielte zunächst leise, haute aber gegen Ende so fest in die Tasten, daß die Akkorde richtig laut herauskamen. Den letzten Akkord spielte ich in c-moll, und meine letzte Note – jetzt erinnere ich mich wieder – war ein A in der Oberstimme. Ich habe es seither öfter versucht, aber es hat nie mehr so gut geklungen. In diesem Moment klang es jedenfalls genau richtig.

Zunächst herrschte Stille, dann fing sie an zu klatschen, und schließlich kam sie zum Klavier herüber. Ich drehte mich um und sah sie an. Wir lächelten beide.

»Danke«, sagte sie. »Das war wunderschön. So hab ich es noch nie gehört.«

Mir fiel nichts ein, was ich hätte sagen können.

»Mein Vater hat das Stück sehr gemocht«, fuhr sie fort. »Er hatte es auf Schallplatte. Ich hab mir das Stück sehr oft angehört, aber ... du hast es ganz anders gespielt. Und du hattest es wirklich noch nie gespielt?«

Ich lachte bescheiden. »Na ja, es ist erstaunlich, was man so alles kann. Bei der richtigen Inspiration.«

Sie wurde rot.

Nach zwei weiteren Nummern kam der Kneipenbesitzer zu mir und meinte, ich könnte jetzt nach Hause gehen. Er sagte nichts davon, daß ich in der nächsten Woche wieder spielen sollte, sondern gab mir mein Geld und fing dann an, die Stühle auf die Tische zu stellen.

»Tja«, sagte sie, »also mir hat es richtig gut gefallen. Und wenn mehr Leute hier gewesen wären, hätte es ihnen bestimmt auch gefallen.«

Ich packte meine Noten in eine Plastiktüte und sagte: »Darf ich dich nach Hause bringen?« Sie sah etwas verunsichert aus. »Ganz ohne Hintergedanken. Ich meine, nur bis zu deiner Haustür.«

»Na schön, das ist sehr nett. Danke.«

Und weiter kam ich an diesem Abend auch nicht – nur bis zu ihrer Haustür. Aber was für eine Tür: riesig und ganz aus Eiche, mit vergoldetem Klopfer, Briefkasten und Knauf. Sie schien in eine Art Villa zu führen: eins von diesen unglaublich wuchtigen und wundervoll aussehenden georgianischen Häusern, wie man sie am Onslow Square und in ähnlichen Wohngegenden findet.

»Hier wohnst du?« fragte ich und reckte den Hals, um zum obersten Stockwerk hochzublicken.

»Ja.«

»Allein?«

»Nein, mit jemandem zusammen.«

Ich schüttelte den Kopf. »Das muß ja fürchterlich beengt sein.«

»Das Haus gehört mir nicht«, sagte sie lachend.

»Hast du es gemietet? Wirklich? Wieviel zahlst du die Woche? Du kannst ruhig auf die nächsten Tausend abrunden, wenn du willst.«

»Ich arbeite hier«, sagte sie. »Es gehört einer alten Dame. Ich kümmere mich um sie.«

Es war ein warmer Frühsommerabend. Wir standen auf dem Bürgersteig gegenüber. Hinter uns war eine hohe Lorbeerhecke und dahinter ein kleiner Privatpark, über uns das silberne Licht einer Straßenlaterne. Ich lehnte mich gegen den Laternenpfahl, und sie stand ganz dicht neben mir.

»Die alte Dame ist gebrechlich und schläft fast den ganzen Tag. Zweimal täglich muß ich ihr das Essen hochbringen – ich muß es aber nicht zubereiten, das macht eine Köchin. Ich kann nicht kochen. Morgens helfe ich ihr aus dem Bett und abends mache ich sie wieder bettfertig. Am Nachmittag muß ich ihr eine Tasse Tee und Kekse oder Kuchen bringen, aber manchmal ist sie nicht mal lange genug wach, um ihren Tee zu trinken. Ich muß für sie einkaufen, zur Bank gehen und andere Besorgungen machen.«

»Und was kriegst du dafür?«

»Etwas Geld und eigene Zimmer. Da oben, das sind meine Zimmer.« Sie zeigte auf zwei riesige Fenster im zweiten Stock. »Meistens habe ich überhaupt nichts zu tun. Ich bin oben in meinen Zimmern, manchmal den ganzen Tag.«

»Fühlst du dich denn da nicht einsam?«

»Ich habe ein Telefon und einen Fernseher.«

Ich schüttelte den Kopf. »Das klingt, na ja, ganz anders als das Leben, das ich führe. Ganz anders.«

»Du mußt mir davon erzählen.«

»Ja. Vielleicht ...«, wagte ich zu sagen, »... vielleicht ein anderes Mal?«

»Ich muß jetzt rein«, sagte sie und überquerte eilig die Straße.

Ich folgte ihr, und sie schloß die Haustür mit einem Sicherheitsschlüssel auf, der für diese Aufgabe lächerlich klein und kümmerlich wirkte. Drei Stufen führten zur Tür hinauf: Ich stand auf der zweiten und sie auf der dritten, wodurch sie ein ganzes Stück größer als ich wirkte. Als die Tür aufging, erhaschte ich einen flüchtigen Blick von einer dunklen Eingangshalle. Madeline verschwand kurz – ich konnte das Klappern ihrer Absätze auf dem Fußboden hören, der dem Klang nach aus Marmor sein mußte – und dann wurde das Licht eingeschaltet.

»Donnerwetter«, sagte ich.

Während ich hineinlugte, ohne einen Hehl daraus zu machen, wie beeindruckt und erstaunt ich war, hob sie einen Briefumschlag auf, den jemand durch den Briefschlitz geworfen haben mußte. Sie machte ihn auf und las den Brief.

»Eine Nachricht von Piers«, sagte sie. »Er ist doch noch vorbeigekommen. Wie dumm von ihm.«

Ich stand da wie ein Volltrottel und sagte nichts.

»Tja«, sagte sie, »weiter kannst du nicht.« Sie drehte sich schon um. »Gute Nacht.«

»Hör mal ...« Unwillkürlich hatte ich meine Hand auf ihren Arm gelegt. Ihre grauen Augen sahen mich an, fragend. »Ich würde dich gern wiedersehen.«

»Hast du was zu schreiben?«

Ich hatte einen billigen Plastikkuli in der Jackentasche. Sie nahm ihn und schrieb eine Telefonnummer vorne auf den Briefumschlag, unter das Wort »Madeline«, das ihr Freund dort hingeschrieben hatte. Dann gab sie ihn mir.

»Da. Du kannst mich anrufen. Jederzeit, Tag und Nacht. Es macht mir nichts aus.«

Und nachdem sie das gesagt hatte, machte sie mir sacht die Tür vor der Nase zu.

Im Samson's war es nicht sehr voll – bei dem Wetter blieben die Leute wohl lieber zu Hause –, und wir konnten uns aussuchen, ob wir im Eßbereich Platz nehmen oder nur was trinken wollten.

»Hast du Hunger?« fragte ich. »Oder möchtest du bloß was trinken?«

»Ist mir egal.«

Ich seufzte.

»Hast du denn heute abend schon was gegessen?«

»Nein.«

»Dann mußt du Hunger haben.«

»Eigentlich nicht. Möchtest du in der Nähe deines Freundes sitzen?«

Das Klavier stand im Barbereich, aber in der Nähe der Tür zum Restaurant, so daß die Gäste dort trotzdem der Musik lauschen konnten. Tony spielte mit dem Rücken zu uns und hatte unsere Ankunft noch nicht bemerkt.

»Mir ist es egal, wo wir sitzen«, sagte ich.

»Ich dachte, wir sind seinetwegen hier.«

»Wir sind hier, weil es hier nett ist. Ich hab ja nicht mal gewußt, ob er spielen würde.«

Ich hatte wohl lauter als sonst geredet, denn Tony hörte mich, drehte sich um und winkte mit der linken Hand, während die andere ein hübsches, kleines Arpeggio in fis-moll weiterspielte.

»Gehen wir nach hinten durch«, sagte ich und deutete Richtung Restaurant.

»Ich hab keine Lust, da zu sitzen und dir beim Essen zuzugucken«, sagte Madeline.

»Willst du denn nichts?«

»Eher nicht.«

»Wieso sagst du das denn nicht? Na schön, okay, trinken wir eben nur was.«

»Aber du hast doch Hunger.«

»Himmelherrgott.«

Ich setzte mich an den nächstbesten Tisch und fing an, die Weinkarte durchzusehen.

Sie setzte sich neben mich und sagte, während sie sich aus ihrem Mantel schälte: »Du bist schwierig, William.«

Eine Melodie ging mir durch den Kopf:

There were times when I could have murdered her
But I would hate anything to happen to her ...
I know, I know, it's serious

»Hallo, ihr Frischverliebten«, sagte Tony.

Wir hatten mit dem Wein angefangen, eine schöne, kalte Flasche Frascati, und jetzt stand Tony vor uns, strahlte uns an und wartete auf eine Einladung.

»Hast du ein paar Minuten Zeit?« fragte ich und winkte ihm, Platz zu nehmen.

»Danke.«

Wir baten um ein drittes Glas.

»Hübsche Fassung«, sagte ich.

»Du meinst den Cole Porter? Ja, ich dachte, ich versuch's mal in einer anderen Tonart. Hab es noch nie in A gespielt. So klingt es irgendwie sonniger. Also«, er goß sich ein großzügiges Glas ein, »wie läuft's denn so?«

Ich hatte gehofft, er würde zuerst mit Madeline reden, aber seine Frage war offensichtlich an mich gerichtet, und es war abzusehen, daß wir beim Thema Musik landen würden, wovon Madeline ausgeschlossen wäre.

»Na ja, wir haben in letzter Zeit nicht viel geprobt«, sagte ich. »Morgen wieder zum ersten Mal nach über einer Woche. Wir erholen uns noch vom letzten Auftritt. War ein bißchen hart.«

»Ja, du hast so was erwähnt.«

»Ich hab mit Chester drüber gesprochen. Er war sehr kleinlaut, hat gesagt, er würde uns nicht noch mal in so einem Laden spielen lassen.«

»Und wie geht's Martin? Hat er den Verband inzwischen ab?«

»Ja, seit zwei Tagen, glaub ich. Er kann seine Gitarre schon fast wieder halten.«

»Übel.«

»Na ja, aus Erfahrung wird man klug. Jetzt wissen wir jedenfalls, daß man nicht in einem Lokal spielen sollte, wo der Kellner sich die Wörter ›Love‹ und ›Hate‹ auf die Knöchel tätowiert hat.«

Tony lächelte vorwurfsvoll, als hätte er wieder einen Punkt in einer schon länger geführten Debatte erzielt.

»Tja, das hast du nun von dieser Rockmusik, nicht? So was ist noch bei keinem Gig passiert, bei dem ich gespielt hab. Und bist du in der Zwischenzeit mal dazu gekommen, richtige Musik zu üben?«

»Ich versuch mich an ein paar von den Stücken, die du für mich arrangiert hast. Apropos – ich glaube, du hast beim Kopieren irgendwo einen Fehler gemacht. Drei Takte vor dem Schluß von ›All the Things You Are‹ – da hast du doch b-moll gemeint, nicht wahr, und nicht Dur?«

»Stimmt. Es ist ein einfaches II-V-I. Wieso, hab ich Dur geschrieben?«

Madeline stand auf und sagte: »Entschuldigt ihr mich kurz? Die Damentoilette ist unten, oder?«

»Klar.«

Tony und ich saßen eine Weile in ziemlich verlegenem Schweigen da. »Ich glaube, sie fühlt sich ausgeschlossen, wenn wir über Musik reden«, erklärte ich. »Vielleicht sollten wir uns über allgemeinere Themen unterhalten.«

»Ist das kein Problem für dich?«

»Wie meinst du das?«

»Ich meine, mit jemandem zusammenzusein, der sich nicht dafür interessiert, was du machst.«

»Sie interessiert sich dafür. Madeline mag Musik, alle möglichen Richtungen. Zum Beispiel hört sie vor allem viel Kirchenmusik.«

»Oh ja, das kann ich mir vorstellen.« Tony schenkte sich Wein nach. »Dann läuft's also immer noch ganz gut zwischen euch beiden?«

Vielleicht sollte ich an dieser Stelle erwähnen, daß ich Tony seit mehreren Jahren kannte. Er war sogar mein allererster Klavierlehrer. Als ich noch in Leeds Chemie studierte, bevor ich das Studium an den Nagel hängte, schrieb er gerade an seiner Doktorarbeit und verdiente sich noch Geld dazu, indem er Jazzpiano-Kurse gab. Er hatte schon eine kleine Familie zu versorgen: seine Frau Judith und ihren gemeinsamen Sohn Ben, der damals erst fünf war. Ich lernte sie bald darauf näher kennen, als ich wieder anfing, Privatstunden zu nehmen. Sie hatten ein kleines Reihenhaus in der Gegend von Roundhay, ein richtig hübsches Häuschen mit einem Klavier und einem Garten und sogar einer ganz netten Aussicht auf die Landschaft drumherum, so daß ich unter anderem auch deshalb zu Tony ging, weil ich gern mit seiner Familie zusammen war und anschließend vielleicht mit ihnen zusammen zu Abend essen konnte. Judith schien sich zu freuen, wenn ich zu Besuch kam, obwohl ich mir beim besten Willen nicht erklären konnte, wieso. Aus irgendeinem Grund hatte ich nie was übrig für das Studentenleben – all die traurigen Männer, die sich in schäbigen Gemeinschaftsküchen ihre Fertignudeln machten, um sie dann allein in ihrem Zimmer vor einem tragbaren Schwarzweißfernseher, in dem »Doctor Who« lief, zu essen –, und ich genoß die ruhigen Familienabende bei Tony, bei gutem Essen und gutem Rotwein, während im Hintergrund Monk oder Ben Webster oder Mingus oder sonstwer spielte.

Das blieb jedoch nur mein erstes Studienjahr so. Judith wollte nach London, wo sie bessere Aussichten auf eine Ganztagsstelle hatte, und so zog die ganze Familie nach Shadwell, mitsamt Tonys nicht abgeschlossener Doktorarbeit. Dank seiner Kontakte zur Szene in Leeds hatte er glücklicherweise ein paar Musiker in London kennengelernt, so daß er schon bald als Lehrer und Pianist gefragt war. Und als ich zu meinem weisen Schluß kam, daß London die einzig richtige Stadt für ehrgeizige Musiker war, und den aussichtslosen Kampf mit meinem Studium aufgab, bedeutete Tonys Umzug für mich, daß ich zumindest eine erste Anlaufstelle hatte. Tony und Judith halfen mir, wo sie konnten. Ich verdankte ihnen viel. Wie sich herausstellte, suchte Judiths Schwester Tina einen Mitbewohner: Sie hatte eine Sozialwohnung in Bermondsey, mit zwei Schlafzimmern. Ich zog fast sofort bei ihr ein, und ich denke, im großen und ganzen klappte unser Zusammenleben recht gut – aber von Tina erzähle ich später, denn auch sie war in die Ereignisse verstrickt.

Weder Judith noch Tony haßten London so sehr wie ich, aber er haßte es mehr als sie. Vom Temperament her war er schon immer eher stur und prosaisch, neigte zu einer pessimistischen Weltsicht und verabscheute nichts mehr als Arroganz und Heuchelei. Er trug einen gepflegten schwarzen Bart und hatte flinke, intelligente Augen. Er machte sich gern über andere lustig, ohne daß sie es merkten, eine Form von Humor, die ich nie verstanden habe, und ich war immer leicht nervös, wenn ich ihn Leuten vorstellte, denn auch wenn es Freunde von mir waren, konnte ich nie sicher sein, daß er höflich zu ihnen sein würde. Ich hatte zunehmend den Verdacht, daß er Madeline nicht sehr mochte. Er hätte das zwar nie geäußert – jedenfalls nicht mir gegenüber –, aber ich spürte einen Hauch von Feindseligkeit. Sie hatten sehr wenig Gemeinsamkeiten, wißt ihr, und Madeline hatte zudem eine gewisse Einfachheit an sich, eine Art Naivität, die Tony, glaube ich, unangenehm fand. Vielleicht meinte er, sie würde nur so tun, als ob. Daher seine abfällig gemeinte Bemerkung über ihre Vorliebe für religiöse Musik: Er war sehr argwöhnisch, was diese Seite von Madeline betraf, und nahm sie ihr nicht ab, wohingegen gerade diese Seite für mich eines der anziehendsten Dinge an ihr war. Es war eine unaufdringliche, gutmütige Art von Religiosität, die sich darin äußerte, daß Madeline sich bemühte, zu aller Welt freundlich zu sein und nur das Beste von anderen zu denken (ohne daß ich je besonders in diesen Genuß gekommen wäre). Ich mußte an das vorige Mal denken, als wir zusammen im Samson's gewesen waren und Tony über seinen Vater gesprochen hatte, der zwei Jahre zuvor gestorben war.

»Das tut mir furchtbar leid«, hatte Madeline gesagt. »Es muß schrecklich sein, einen Elternteil zu verlieren, und so früh.«

»Es ist so sinnlos, oder? So willkürlich.«

»Aber weißt du was …« Und da hatte sie sogar seine Hand berührt, während ich bewundernd zusah. »… wichtig ist, mit Würde zu sterben. Der Tod kann sanft sein, und still und sogar schön. Und wenn wir mit Würde aus diesem Leben scheiden, was gibt es dann zu betrauern?«

»Da ist wirklich was dran«, sagte Tony.

»Woran ist dein Vater gestorben?«

»An Hodensackfäule.«

Tony gehörte also wahrlich nicht zu den Menschen, mit denen ich offen über meine Beziehung zu Madeline sprechen konnte, aber wen hatte ich denn sonst noch? In emotionaler Hinsicht waren die anderen Bandmitglieder – freundlich formuliert – unverbildet. Und nach gut einem Jahr in London hatte ich kaum andere Freundschaften geschlossen. Spricht das nicht Bände über diese Stadt? Ich wohnte in unangenehmer räumlicher Nähe zu meinen Nachbarn in der Sozialbausiedlung; ich konnte durch die Wände hören, wie sie Geschirr durch die Gegend warfen und sich gegenseitig die Hucke voll hauten, aber ihre Namen erfuhr ich nie. Ich konnte in der überfüllten U-Bahn gegen einen anderen Mann gepreßt stehen, ohne daß sich unsere Blicke trafen. Ich konnte dreimal die Woche in denselben Supermarkt gehen, ohne auch nur einmal mit der jungen Frau an der Kasse zu plaudern. Was für eine bescheuerte Stadt. Aber ich komme vom Thema ab. Ich wollte eigentlich sagen, daß ich froh über Tonys Frage war, froh über die Gelegenheit, über Madeline sprechen zu können, solange sie weg war.

»Ja, es läuft noch immer ganz gut zwischen uns«, sagte ich. »Jedenfalls nicht schlechter als sonst.«

»Hast du schon mit ihr geschlafen?«

Das ging ihn natürlich nichts an, aber ich nahm ihm die Frage nicht übel.

»Wir halten es für wichtig, nichts zu übereilen.«

»Na, den Vorwurf kann dir weiß Gott keiner machen. Aber an deiner Stelle würde ich doch versuchen, sie vor der Menopause noch ins Bett zu kriegen.«

»Na ja, du weißt ja, sie hat's mit dem Katholizismus ...«

»Ist das nicht frustrierend für dich?«

»Ich versuche, auf andere Weise damit klarzukommen. Ich glaube, Musik ist für mich ein Ersatz für Sex.«

»Im Ernst? Ab sofort spielst du nie wieder auf meinem Klavier, ohne dir vorher die Hände zu waschen. Hast du mit ihr drüber gesprochen? Redet ihr über so was?«

»Ich warte noch auf den richtigen Zeitpunkt.«

»Aber das geht doch jetzt schon sechs Monate so, William. Und eine Freundin wie Madeline ist bestimmt nicht billig. Wohin hast du sie heute abend ausgeführt?«

Ich erzählte es ihm.

»*Wie bitte?*«

»Es war ihre Idee. Sie wollte schon seit einer Ewigkeit hin.«

»Wieviel hast du für die Karten bezahlt?«

Ich erzählte es ihm.

»*Wie bitte?* William, so was kannst du dir nicht leisten.«

»Ich mache jede Menge Überstunden. Ich kann es mir leisten, ab und an mal. Jedenfalls hab ich an ein paar Zeitschriften geschrieben, und ich glaube ... ich glaube, über kurz oder lang krieg ich bei einer einen Job. Ich hab ein paar Rezensionsproben mitgeschickt und meinen Lebenslauf. Am Telefon hab ich mit einem Typen gesprochen, der ganz ermutigend klang.«

»Journalisten erzählen jede Menge Stuß. Wie oft muß ich

dir das noch sagen? Ich meine, vielleicht hast du ja Glück, aber du kannst dich einfach nicht auf diese Leute verlassen.«

»Na, früher oder später muß ich beruflich irgendwas Solides machen, sonst dreh ich noch durch. In dem Laden halte ich es nicht mehr lange aus.«

»William, du bist jung. Bleib locker, bleib, wie du bist, sammle soviel Praxiserfahrung, wie du kannst. Du hast Talent, das hab ich immer gesagt, man kann nie wissen, was sich mal für Chancen auftun, wenn du am Ball bleibst. Es gibt nicht den geringsten Grund, warum du zur Zeit an einen sogenannten soliden Beruf denken mußt.«

»Und angenommen, ich will heiraten?«

»Heiraten, in deinem Alter? Du machst Witze. Wen würdest du denn heiraten wollen?«

Ich legte die Stirn in Falten und goß Wein nach. Tony schüttelte den Kopf.

»Tut mir leid, William, ich glaube nicht, daß das eine gute Idee wäre.«

»Du bist doch schließlich auch gern verheiratet, oder? Du bist froh, daß du ein Haus hast und ein Kind und den ganzen Kram.«

»Ja, aber man muß doch bereit dafür sein. Zum Donnerwetter, du warst schon mal verlobt, und wie alt bist du – dreiundzwanzig? Komm wieder auf den Teppich. Nur weil du dich ab und zu gern mit einer Frau triffst, mußt du nicht den Rest deines Lebens mit ihr verbringen. Sieh das mal lokker.« Er blickte auf seine Uhr. »Ich muß wieder spielen, meine zwanzig Minuten sind um.«

»Okay. Wir bleiben noch ein Weilchen und hören zu.«

»Ach ja, da fällt mir was ein – könntest du mir einen Gefallen tun?«

»Was denn?«

»Es geht um Ben. Hast du am elften schon was vor? Sonntag in vierzehn Tagen?«

»Ich glaube nicht. Wieso?«

»Judith ist von ihrem Chef zu einem Brunch in Cambridge eingeladen worden, und sie möchte, daß ich mitkomme, aber für Ben ist das nichts. Könntest du vielleicht babysitten? Wir sind bestimmt am Abend wieder zurück.«

»Klingt gut.«

Mir gefiel der Gedanke, einen Tag lang in Tonys Haus zu sein. Das gab mir Gelegenheit, sein Klavier zu benutzen.

»Dann halt dir den Termin frei, ja? Ich wär dir dankbar.« Tony stand auf und dehnte seine Finger. »Irgendwelche Wünsche?«

Auf der anderen Seite des Raumes sah ich Madeline von der Toilette zurückkommen.

»Wie wär's mit ›I Got It Bad and That Ain't Good‹?«

Er folgte meinem Blick und lächelte.

»Dein Wunsch ist mir Befehl.«

Worüber sprachen Madeline und ich den Rest des Abends? Wenn ich an all die Male zurückdenke, die wir zusammen waren, kann ich mich kaum an die Themen unserer Gespräche erinnern. Mich beschleicht der unangenehme Verdacht, daß wir überwiegend geschwiegen oder so banale Gespräche geführt haben, daß ich sie absichtlich aus meinem Gedächtnis verbannt habe. Ich weiß, daß wir uns an dem Abend nicht wieder gestritten haben, und ich weiß, daß wir nicht über das Musical gesprochen haben. Vielleicht sind wir nur noch so lange im Samson's geblieben, bis wir den restlichen Wein getrunken hatten. Ich kann mich noch genau erinnern, daß wir anschließend in der U-Bahnstation Tottenham Court Road standen, an der Stelle, wo sich die Wege zu unseren jeweiligen Linien trennten, und ich sie im Arm hielt und mich streckte, um sie auf die Stirn zu küssen.

»Also dann, gute Nacht«, sagte ich.

»Danke für die Einladung. Tut mir leid, daß dir das Musical nicht so gut gefallen hat.«

Ich zuckte die Achseln und fragte: »Wann kann ich dich wiedersehen?« Plötzlich spürte ich den drohenden Schmerz, von ihr getrennt zu sein, so schneidend wie eh und je.

Auch sie zuckte die Achseln.

»Wie wär's mit ...« Ich nannte wahllos einen Tag, der in halbwegs annehmbarer Entfernung lag: »... Dienstag?«

»Okay.«

(Sie hätte dasselbe gesagt, wenn ich vorgeschlagen hätte, daß wir uns morgen oder in sechs Monaten treffen.)

Wir vereinbarten eine Uhrzeit und einen Treffpunkt, und dann küßten wir uns zum Abschied. Es war kein schlechter Kuß. Er dauerte etwa vier oder fünf Sekunden, und unsere Lippen waren leicht geöffnet. Er überstieg sogar meine Erwartungen.

Trotzdem war ich nicht gerade beschwingt, als ich nach Hause fuhr. Ich fuhr mit einem Zug der Northern Line zum Embankment und nahm dann die Circle Line nach Osten zu Tower Hill. Es war die letzte Bahn, glaube ich. Es war sicherlich weit nach Mitternacht, als ich aus der Station ins Freie trat und mich auf den dreißigminütigen Fußweg zu meiner Wohnung machte. Der Mann an der Fahrkartenschranke erkannte mich, nickte müde und wollte nicht meine Fahrkarte sehen. Ich kam so regelmäßig um diese Uhrzeit an der Station an, daß er vermutlich dachte, ich würde irgendwo in der Spätschicht arbeiten. Tower Hill. Kein schlechter Titel für das Klavierstück, an dem ich gerade schrieb, dachte ich plötzlich. Es sollte eine müde und melancholische Stimmung haben – wie man sich am Ende eines langen Tages fühlt, vielleicht verbunden mit der vagen Hoffnung, daß es nur noch besser werden kann. Die ersten zwei Phrasen waren ganz spontan beim Improvisieren entstanden, und ich werkelte inzwischen schon über eine Woche daran herum, versuchte, eine Struktur reinzubringen. Vielleicht kam ich ja weiter, wenn ich einen Titel hatte.

In meiner Wohnung angekommen, ging ich direkt in mein

Zimmer, schaltete das Keyboard und den Verstärker ein und spielte, was ich bisher geschrieben hatte:

Weiter war ich noch nicht gekommen. Ich hatte zwar ein paar Ideen für den Mittelteil, aber ich war noch nicht soweit, daß ich schon daran gearbeitet hätte. Was sollte als nächstes kommen? Aus C7 ergab sich f-moll, das war kein Problem; und plötzlich, als ich mir ein deutlicheres Bild von der Stimmung machen konnte, die ich zum Ausdruck bringen wollte, schrieb ich die nächsten vier Takte flüssig nieder:

Ich spielte alle acht Takte durch, mehrmals, und war mit ihnen zufrieden; aber nach wie vor hatte ich keine Idee, wie ich die mittleren acht in Angriff nehmen sollte. Ich probierte dreizehn verschiedene Akkorde aus, und keiner klang richtig, also gab ich auf. Statt dessen ging ich in die Küche, um mir eine Tasse Tee zu machen.

Zweites Thema

Loud, loutish lover, treat her kindly
(although she needs you
more than she loves you)

Morrissey,
»I Know It's Over«

Während ich wartete, daß das Wasser kochte, sah ich nach, ob Tina mir eine Nachricht hinterlassen hatte, bevor sie zur Arbeit gegangen war. Tina arbeitete als Schreibkraft in einer großen Anwaltskanzlei in der City, und zwar von sieben Uhr abends bis zwei Uhr morgens, was bedeutete, daß sie nie da war, wenn ich abends nach Hause kam, und noch schlief, wenn ich morgens zur Arbeit ging. Mit anderen Worten, wir sahen uns nie. Ich glaube, ich hatte sie seit meinem Einzug alles in allem nicht mehr als zwei oder drei Stunden gesehen. Selbst am Wochenende schlief sie tagsüber und blieb die ganze Nacht auf, und außerdem versuchte ich am Wochenende möglichst nicht in der Wohnung zu sein, weil ich es zu deprimierend fand. Fast alles, was ich damals über sie wußte, hatte ich von Tony und Judith erfahren oder von den Nachrichten, die sie mir hinterließ, bevor sie zur Arbeit ging. Ich wußte zum Beispiel, daß sie knapp fünf Jahre älter war als ich und daß sie einen Freund namens Pedro hatte, einen schmierigen Spanier, der in Hackney wohnte und als Taxifahrer fast dieselbe Arbeitszeit hatte wie sie. Sie hatte ihm einen Schlüssel zur Wohnung gegeben, und er kam in der Regel gegen drei Uhr morgens, nur um mit ihr zu schlafen. Eigentlich weiß ich gar nicht, warum ich den Eindruck hatte, daß er schmierig war. Ich war ihm nie

49

begegnet oder so. Bis zu dem Abend hatte ich noch nicht mal seine Stimme gehört.

Damit wir uns gegenseitig Nachrichten schreiben konnten, lag extra dafür ein linierter DIN-A4-Block auf dem Küchentisch. Das war angenehmer, als auf irgendwelchen kleinen Zetteln zu schreiben. So konnten wir richtige Dialoge miteinander führen. Ich nahm das letzte Blatt in die Hand und las die gesamte Korrespondenz der letzten Woche durch. Sie fing recht anspruchslos an, mit einer Nachricht von Tina:

Lieber W., wie ich sehe, hast du noch immer nicht abgewaschen. Fast das gesamte dreckige Geschirr ist von dir, und ich denke nicht im Traum dran, deine Arbeit zu erledigen. Wie soll ich nachmittags für P. ein schönes Frühstück machen, wenn ich nicht mal an die Spüle rankomme? Heute nachmittag hat ein Mann für dich angerufen.
Gruß, T.

T. – Ich habe aus dem einfachen Grund nicht gespült, weil KEIN SPÜLMITTEL mehr da ist, und ich weiß genau, daß du an der Reihe bist, welches zu kaufen. Hast du schon die feuchten Stellen an den Wänden im Badezimmer bemerkt und dir mal überlegt, was wir dagegen unternehmen sollten? Die Mitteilung, daß »ein Mann angerufen hat«, hilft mir nicht weiter, wenn du mir nicht sagst, was er wollte. Hatte er einen walisischen Akzent? W.

Lieber W., bist du blind oder was? Das Spülmittel steht im Schrank, direkt neben den Schokokeksen. Tut mir leid wegen der Flecken an den Badezimmerwänden, es ist nichts Ernstes. P. und ich haben gestern nachmittag zusammen gebadet, und er ist ein bißchen übermütig geworden, mehr nicht. Er ist ein richtiger Schatz. Mit

50

Akzenten kenne ich mich nicht so aus – ich fand, der Mann klang eher nach West Country. Heute hat wieder jemand für dich angerufen, ich weiß nur nicht, ob es derselbe Mann war. Er hat mich aus dem Bett geklingelt, und ich war noch nicht ganz wach. Ißt du den Käse noch, oder soll er verschimmeln? Gruß, T.

T. – Ich habe fast alles abgewaschen, wie du gesehen hast, bin aber nicht ganz fertig geworden, weil ich verschlafen habe. Warum habe ich verschlafen? Weil das verdammte Telefon mich um vier Uhr morgens geweckt hat, deshalb! Ich nehme an, es war wieder mal Tommy der Toreador. Du hast dich auch nicht gerade bemüht, leise mit ihm zu sprechen. Eine geschlagene halbe Stunde hast du mit ihm gequatscht. Übrigens, könntest du mir in Zukunft vernünftige Nachrichten schreiben? Könnte sein, daß die Leute, die für mich anrufen, ARBEIT für mich haben. Ja, ich werde den Käse noch essen. Ich finde, der sieht noch tadellos aus. W.

Lieber W., was glaubst du, wie ich mich gefühlt habe, als ich morgens um vier ans Telefon mußte? Ich war fix und fertig, weil P. erst so spät anrief. So was hat er mir noch nie angetan. Er hat keinen vernünftigen Grund genannt, warum er nicht gekommen ist, aber ich habe im Hintergrund Musik gehört, also vermute ich, daß er in irgendeinem Club war oder auf einer Party oder so. Wir haben übrigens nicht eine GESCHLAGENE halbe Stunde telefoniert. Genaugenommen war er sehr kurz angebunden. Und ich mußte lauter sprechen, weil er mich kaum verstehen konnte. Jedenfalls wollte ich ihm verdammt noch mal die Meinung geigen, wenn er schon so mit mir umspringt. Tut mir leid, wenn ich dich gestört habe, aber was ist mit MEINEN GEFÜHLEN? Ich habe in der Nacht kein Auge zugetan, wie du dir vorstellen kannst.

Deinen Käse habe ich weggeworfen. Die ganze Küche stank schon danach. Gruß, T.
P.S. Wegen der Anrufe für dich und wegen P.s nächtlicher Anrufe – was hältst du davon, wenn wir uns die Kosten für einen Anrufbeantworter teilen?

T. – tut mir leid, daß du sauer auf Pedro warst und nicht mehr einschlafen konntest, aber ich finde es ein bißchen kleinlich, wenn du deinen Frust an einem harmlosen Stück Käse ausläßt. Die Küche stinkt noch immer, und wenn du in den Kühlschrank guckst, wirst du feststellen, daß dein Glas Tarama-Salat schuld ist, das Haltbarkeitsdatum ist nämlich weit überschritten. Ja, ein Anrufbeantworter ist eine ausgezeichnete Idee, und ich würde mich sehr gern zur Hälfte daran beteiligen. W.

Lieber W., ich habe gestern nacht wieder schlecht geschlafen, und ehrlich gesagt ging es mir heute morgen nicht besser, als ich dich poltern gehört habe wie eine wildgewordene Büffelherde. Kannst du nicht etwas leiser sein, wenn du dir dein Frühstück machst? Für dich hat niemand angerufen, aber ich frage mich, ob unser Telefon vielleicht kaputt ist oder so, weil P. ganz bestimmt angerufen hätte, um sich dafür zu entschuldigen, daß er wieder nicht gekommen ist. Hast du die Absicht, mir irgendwann mal Geld für die Miete zu geben? Seit vier Wochen warte ich schon drauf, und ich kann schließlich kein Geld drucken. Übrigens, ich habe heute aus dem Fenster gesehen, als du zur Arbeit gegangen bist, und du siehst richtig dünn aus. Ißt du auch genug? Im Kühlschrank ist noch kalter Eintopf, und du darfst dich gern bedienen. Ich habe heute mittag für zwei gekocht, und rate mal, wer nicht zum Essen gekommen ist.
Bin heute nachmittag kurz in die Stadt gefahren und

habe den Anrufbeantworter gekauft. Toll, was? Ich hoffe, ich habe ihn richtig angeschlossen. Du kannst es ja mal überprüfen und nachsehen, ob schon jemand drauf gesprochen hat. Gruß, T.

Ich öffnete den Kühlschrank und fand den kalten Eintopf. Er sah inzwischen ziemlich unappetitlich aus, schmeckte aber ganz gut. Vielleicht hätte ich ihn aufwärmen sollen und auf einen Teller geben, aber zu so was hat man frühmorgens nun mal keine Lust. Ich nahm mir einfach einen Löffel und ging mit dem Topf ins Wohnzimmer.

Der Anrufbeantworter war angeschlossen, und ein kleines grünes Lämpchen blinkte. Wie ich der Bedienungsanleitung (die Tina neben das Telefon gelegt hatte) entnahm, bedeutete das, daß eine Nachricht drauf war. Ich fragte mich, ob es mein mysteriöser Anrufer mit dem West-Country-Akzent war oder vielleicht jemand von der Zeitschrift »Midi Mania«, um mir zu sagen, daß sie meine Rezensionen gelesen hätten und wollten, daß ich für sie schreibe. Doch wie sich herausstellte, war nur eine Nachricht darauf, gesprochen von einer Stimme, die unverkennbar spanisch klang:

»Hallo, Tina, mein Schatz. Ja, ich bin's, Pedro, dein Big Boy, dein kleiner, stacheliger Kaktus, und ich hatte gehofft, dich noch zu erwischen, bevor du zur Arbeit gehst. Egal. Ich wollte dir eigentlich eine Million Blumen schicken, als Entschuldigung, weil ich gestern nacht wieder nicht gekommen bin, aber wie wär's, wenn ich statt dessen heute nacht komme, für ein kleines Bad und vielleicht noch was anderes, wenn du verstehst, worauf ich hinauswill. Ich weiß, ich kann mich darauf verlassen, Baby, daß du für mich ein Licht ins Fenster stellst. Bis später, mein Honigmäulchen.«

Der Apparat stellte sich klickend aus.

Ich kratzte den Rest des Eintopfs aus und warf ihn in den Abfalleimer. Es war Zeit, ins Bett zu gehen.

Die Siedlung, in der ich wohnte, hieß Herbert Estate. Sie wurde in den dreißiger Jahren erbaut, und soviel ich weiß, wohnten sogar noch ein paar von den ersten Mietern hier – seit über fünfzig Jahren. Ich dagegen wohnte seit knapp fünfzehn Monaten dort, und ich konnte es kaum erwarten, wieder wegzuziehen. Ich hatte nichts gegen meine Nachbarn, ich fand bloß, daß ich nicht viel mit ihnen gemeinsam hatte. Zur Standarduniform der Männer gehörten Tätowierungen auf Brust und Unterarmen und vorzugsweise ein Paar Schäferhunde oder Rottweiler an einer Leine. Die Frauen dagegen hatten immer Babys oder Kleinkinder dabei – sie schoben sie im Kinderwagen durch die Gegend, zogen sie im Laufgeschirr hinter sich her oder hatten beim Einkaufen eine ganze Horde Kleinkinder im Schlepptau, die ihnen um die Beine wuselten, riefen und kreischten und Ärger machten. Damit die Kinder Ruhe gaben, kauften ihre Mütter ihnen Süßigkeiten und Chips und Schokolade und Cola- und Limodosen, weshalb die Kleinen ganz blasse Gesichter und rote Lippen und trotz ihres zarten Alters schon kariöse Zähne hatten. Die Frauen in der Siedlung waren anscheinend ständig schwanger. In der Wohnung unter uns gab es mindestens sechs Kinder, und ein weiteres war unterwegs (ein Unfall, wie ich eines Abends einem besonders lauten Streit entnehmen konnte, der im Zimmer unter mir stattfand). Viele von den Männern waren arbeitslos und wußten den lieben langen Tag nichts anderes mit sich anzufangen, als herumzugammeln und in die Pubs und Wettbüros zu gehen, deshalb ist mir schleierhaft, wie diese Familien über die Runden kamen.

Besonders gewalttätig war die Siedlung nicht, sie wurde sogar von einer Art pessimistischem Gemeinschaftsgeist zusammengehalten, dem Gefühl, daß das Leben ein mühseliger Kampf war und daß es, solange wir alle dort lebten, keinen Anlaß zu übermäßiger Freude gab. Hin und wieder kamen nachts Polizeiwagen mit Blaulicht und Sirene angebraust, und es gab irgendwelche Randale, aber wir kamen nie dahinter, worum es ging. Wir hatten drei Schlösser an der Tür und Gitter vor den Fenstern, so daß bei uns nie eingebrochen wurde. Ein paar Häuser weiter war die Heilsarmee, und den ganzen Tag waren die Penner und Säufer unterwegs, gingen bei schönem Wetter (was selten der Fall war) in den Park oder holten sich am Kiosk ihren Cidre oder ihr Bier und tranken auf der Straße.

Es war himmelweit von dem entfernt, was ich erwartet hatte, als ich nach London zog. Allerdings weiß ich nicht so genau, was ich erwartet hatte. Meine Eltern waren ehrenwerte Bürger, die am Stadtrand von Sheffield wohnten, wo ich die ersten zwanzig Jahre meines Lebens verbracht hatte, ohne in meiner Unbedarftheit zu begreifen, wie glücklich ich war. Wir waren eine Familie mit engem Zusammenhalt, und ich hatte nicht viele Freunde: eigentlich nur Derek, der nebenan wohnte, und Stacey, die ich fast geheiratet hätte.

Derek war zwei Jahre älter als ich, aber das fiel nicht großartig ins Gewicht, nicht einmal in der Teenagerzeit, wenn zwei Jahre eine schier unüberwindliche Kluft zwischen den Generationen sein können. Ich glaube, uns verband der Umstand, daß wir beide von Musik besessen waren (wenn auch auf unterschiedliche Weise). Meine Besessenheit hatte rein praktische Züge: Ich hörte mir Schallplatten an, um etwas daraus zu lernen und es dann auf mein eigenes Spiel anzuwenden. (Damals spielte ich Gitarre; mit Klavier fing ich erst an, als ich fast siebzehn war.) Bei Derek dagegen war es ausschließlich Konsum. Gierig sog er neue Musiktrends in sich auf und verschlang und verdaute sie, noch ehe wir übrigen mitbekamen, was geschah. Es begann mit Punk, der Derek schon begeisterte, als er erst vierzehn war. In dieser Zeit hörte ich noch immer langweilige Bands, die auf Klassikplagiate und Konzeptalben spezialisiert waren, mit tollen, großen, aufklappbaren Plattenhüllen voller Bilder wie aus einem Tolkien-Buch. Doch schon bald brachte Derek mich davon ab. In seinem Zimmer spielte er mir auf seinem alten

Dansette-Plattenspieler die neuesten Singles vor – ich kaufte nie Singles. Er dagegen kaufte sich fünf oder sechs die Woche, manchmal mehr. Damals waren Singles und LPs mit aufgedruckten Bildern der größte Hit. Dann kam New Wave und danach eine Phase, in der Derek mit düsterer Miene herumlief und sagte, es würde nichts Interessantes passieren, und schließlich begeisterte er sich für Hip-Hop und House. Inzwischen spielte ich in einer Band, und er kam pflichtschuldigst zu unseren Gigs, sagte aber nie viel über die Musik, woraus ich schloß, daß er sie nicht besonders mochte. Manchmal sagte er so was wie, wir hätten nicht genug Bühnenpräsenz, und mäkelte an unseren Frisuren herum. Aber da hatte sich unsere Freundschaft wohl schon in verschiedene Richtungen entwickelt, und wir sprachen nicht mehr so oft über Musik. Ich war schon immer der Meinung, daß der überzeugte Zuhörer und der überzeugte Musiker auf Dauer doch nicht so viel gemeinsam haben.

Aber es war gut, daß Derek zu unseren Gigs kam, weil Stacey dann nicht allein war. Die beiden tauchten überall auf, wo wir spielten – meistens nichts Spektakuläres, höchstens mal als Vorgruppe bei einem Samstagabend-Konzert im Leadmill –, und standen in der ersten Reihe, wo ich sie sehen konnte, und anschließend gingen wir drei noch irgendwo was trinken. Stacey war einfach toll. Das finde ich noch immer, bis heute.

Nach der Schule wollte ich zuerst nicht aufs College gehen, ich wollte Musik machen, und der einzige Job, den ich finden konnte, bei dem mir mein Leistungsfach Chemie zugute kam, war bei Boots, wo ich Rezepte zusammenstellte. Dort lernte ich Stacey kennen. Sie arbeitete in der Kosmetikabteilung.

Warum erzähle ich euch das alles überhaupt? Ich weiß nicht, wie ich darauf gekommen bin. Alles schön der Reihe nach, eigentlich war ich ja dabei, vom Herbert Estate zu erzählen. Und auf das Thema war ich gekommen, weil ich am nächsten Morgen um acht Uhr die Wohnung verließ und auf dem Weg zur Arbeit durch die Siedlung ging.

Ich hatte wirklich nicht viel Schlaf gehabt, aber ich fühlte mich zumindest einigermaßen frisch. Zunächst jedenfalls. Ich mochte meine Wohnung nicht, aber sie bot mir eine Rückzugsmöglichkeit, wo ich mich für ein paar Stunden am Tag verstecken konnte, wenn mir die Stadt zuviel wurde. Sobald ich aus der Tür trat, verpuffte allerdings jedes positive Gefühl, und ich sah mich erneut den eigentümlichen Bedrängnissen ausgesetzt, die ausschließlich zu London gehören.

Zunächst einmal mußte ich mein Keyboard mitnehmen. Das Keyboard mitsamt Koffer war für meine Arme fast schon zu schwer. Wir wollten am Abend direkt nach der Arbeit proben, und ich hätte keine Zeit gehabt, es erst aus der Wohnung zu holen, daher blieb mir nichts anderes übrig, als das monströse Ding mit ins Geschäft zu nehmen.

Das erste, was ich bei uns auf der Straße sah, war eine Gruppe Jugendlicher, die ein Fahrrad mit Ziegelsteinen bewarfen, obwohl sie eigentlich schon in der Schule hätten sein müssen. Sie hatten alle Skinheadfrisuren und Stonewashed-Jeans, und sie feixten und riefen mir Obszönitäten zu, während ich mich mit meinem Keyboard abschleppte.

»Guckt euch den Schlappschwanz an!« riefen sie.

Ich konnte ihnen im Grunde nicht widersprechen: Sie sahen alle etwa zehnmal stärker aus als ich. Ich hatte schon mal gesehen, wie zwei achtjährige Kinder aus der Siedlung einen Betonpoller hochwuchteten und ihn durch die Scheibe eines Ford Fiesta warfen.

Während ich am Supermarkt und der Imbißstube vorbeiwankte, mußte ich einsehen, daß ich das Keyboard keine zehn Meter weitertragen konnte. Ich war jetzt fünf Minuten unterwegs, und bis zur U-Bahn-Station waren es noch eineinviertel Meilen. Mein Gesicht war puterrot, ich schwitzte aus allen Poren und schnappte nach Luft. Ich stellte das Keyboard ab, setzte mich drauf und vergrub das Gesicht in den Händen. Nach einer Weile versuchte ich, es wieder anzuheben. Ich schaffte es nicht. Es war, als wäre es am Bürgersteig festgeleimt. Ich setzte mich wieder hin und ruhte aus. Eine meiner Nachbarinnen, sichtlich schwanger, einen Kinderwagen vor sich herschiebend und ein kleines Kind auf dem Rücken, kam vorbei und bot sich an, mein Keyboard ein Stück zu tragen. Ich lehnte höflich ab. In der Nähe war eine Telefonzelle: Ich wußte, ich würde ein Taxi rufen müssen.

Es war ein trister Morgen, diesig und naß, und ich saß schlotternd auf dem Bürgersteig und rieb mir die Hände, während ich auf das Taxi wartete. Zehn Minuten später hielt neben mir ein beigefarbener Rover 2000.

»Nach Cheapside, wie?« sagte der Fahrer, ein Mann mittleren Alters mit pomadigem, nach hinten gekämmtem Haar und einem Rippunterhemd, das durch sein Nylonhemd durchschien.

»Genau«, sagte ich und stand auf.

Er blickte auf mein Keyboard.

»Gehört das Ihnen?«

»Ja.«

»Das kann ich nicht mitnehmen, Kumpel. Auf keinen Fall.«

»Was?«

»Da hätten Sie einen Kombi bestellen müssen. Ich nehm das Ding jedenfalls nicht mit. Auf gar keinen Fall.«

»Das paßt ganz bestimmt auf den Rücksitz.«

»Der Rücksitz ist für Fahrgäste, Kumpel. Das hier ist ein Taxi, kein Umzugswagen. Ich laß mir doch nicht den Sitzbezug ruinieren.«

»Und wenn wir es in den Kofferraum tun ...«

»Sehen Sie sich den Bezug an. Los, sehen Sie sich den an.«

Ich öffnete die hintere Tür und schaute hinein.

»Sehr schön.«

»Wissen Sie, was ich dafür bezahlt habe? Sechzig Pfund. Sechzig Pfund hab ich dafür hingeblättert. Wenn Sie glauben, ich laß mir den durch schwere Sachen ruinieren, sind Sie aber auf dem Holzweg, Kumpel.«

»Na ja, ich verstehe Ihren Standpunkt ...«

»Normalerweise zahlt man dafür natürlich das Doppelte, aber ich hab einen Kumpel, der hat mir das billiger gemacht. Jedenfalls könnte ich gefeuert werden, wenn ich anfange, Umzüge zu machen. Das ist es mir nicht wert.«

»Okay, schon gut, vergessen Sie's.«

»Das kostet mindestens sechs Pfund, wenn ich das Ungetüm hinten in meinem Wagen mitnehme. Wohin wollten Sie noch mal, Cheapside? Tja, das ist auf der anderen Flußseite, oder? Das macht dann noch mal einen Fünfer.«

»Keine Sorge, ich komm schon irgendwie hin.«

»*Ich* mach mir keine Sorgen, Kumpel. *Ich* mach mir keine Sorgen. Sie sind es, der sich Sorgen machen müßte. Natürlich krieg ich allein dafür drei fünfzig, daß Sie mich herbestellt haben. Wenn Sie der Zentrale gesagt hätten, daß Sie Ihren ganzen Hausstand befördern wollen, hätten Sie uns allen jede Menge Ärger erspart. Was wollen Sie denn jetzt machen? Mit dem Bus fahren?«

»Ich denke, ja.«

»Die nächste Bushaltestelle ist eine halbe Meile von hier, oder? Und außerdem läßt Sie kein Fahrer mit dem Monstrum da einsteigen, wetten? Wissen Sie, was ich denke, Kumpel? Ich denke, Sie stecken ganz schön in der Scheiße. Haben Sie eine Karte von uns?«

Er gab mir eine Karte mit dem Namen der Firma und einer Telefonnummer darauf und fuhr dann davon.

Ich weiß nicht mehr, wie ich es geschafft habe, aber mit einer Dreiviertelstunde Verspätung kam ich zur Arbeit gewankt. Niemand sagte etwas.

Es war ein schrecklicher Job, in einem Plattenladen mitten in der City. Den ganzen Tag gaben sich junge, gesichtslose Idioten die Klinke in die Hand und kauften Michael-Jackson- und Whitney-Houston-Platten. Keiner von diesen Volltrotteln hatte auch nur einen Funken Individualität. Sie kauften alle die gleichen Platten und trugen die gleichen Klamotten – gestreifte Hemden, modische Krawatten und elegante dunkle

Anzüge. Um das Thema abzuschließen: Ich machte den Job seit neun Monaten für einen Hungerlohn und war ständig auf der Suche nach etwas Besserem. Seit einigen Monaten versuchte ich mittlerweile mein Glück bei verschiedenen Musikzeitschriften – »Focus On Feedback«, »Midi Mania« und wie sie alle heißen –, um für sie Kritiken und so zu schreiben. Aber es war unmöglich, von diesen Mistkerlen eine definitive Antwort zu kriegen. Weiß der Teufel, wie viele Stunden ich schon am Telefon gehangen hatte, weil ich ständig weiterverbunden wurde: »Würden Sie bitte dranbleiben?« »Moment, ich verbinde.« »Da ist gerade besetzt, bleiben Sie bitte dran?« Und dann nichts als Vertröstungen: Ja, wir haben Ihr Material gelesen. Wir melden uns in ein paar Wochen. Wir haben Sie in unserer Kartei aufgenommen. Ich habe Sie der Feuilletonredaktion empfohlen. Wir melden uns bei Ihnen, sobald wir ein passendes Thema für Sie haben. Wir sind immer an neuen Autoren interessiert. Wir warten nur noch, bis Vivien aus dem Urlaub zurück ist.

Scheißkerle. Manche Leute begreifen einfach nicht, daß ein eindeutiges »Nein« die netteste Antwort der Welt sein kann.

Die Band, in der ich zu der Zeit spielte, hieß The Alaska Factory und probte in den Thorn Bird Studios unweit der London Bridge.

Die Studios bildeten einen ziemlich großen Komplex und nahmen fast ein ganzes umgebautes Lagerhaus ein, das mit der Rückseite direkt an den Fluß grenzte. Es gab sechs Probenräume, die Studios A bis F, und zwei Aufnahmestudios, Raum 1 und 2, mit sechzehn- beziehungsweise achtspurigen Aufnahmegeräten. In einem Pausenraum, ausgestattet mit einem Fernseher und zwei Spielautomaten, konnte man schale Getränke und zähe Sandwiches kaufen. Die Proberäume waren klamm und dunkel und rochen irgendwie unangenehm, wenn man eine Weile drin gewesen war. Die meisten Geräte waren abgewrackt und defekt. Wir gingen, glaube ich, nur aus Gewohnheit dahin, und weil es richtig billig war. Chester hatte mit dem zuständigen Typen einen Deal ausgehandelt, obwohl mir schleierhaft war, wie er das geschafft hatte: Ich hatte sie manchmal miteinander sprechen sehen – oft ziemlich heimlichtuerisch –, und soviel ich wußte, hatten sie sich auf ein Gott weiß wie zwielichtiges Arrangement geeinigt. Was die beiden betraf, zog ich es vor, nicht zu viele Fragen zu stellen. Jedenfalls waren wir froh, nicht selbst mit dem Typen einen Preis aushandeln zu müssen, denn mit ihm war unserer Erfahrung nach nicht gut Kirschen essen, soll heißen, er war ein richtiges Ekelpaket.

Ich weiß nicht, ob ihr schon mal mit so jemandem zu tun hattet, aber es gibt Leute, die so zwanghaft unfreundlich sind, daß sie, selbst wenn sie noch so dringend auf dein Wohlwollen und dein Geld angewiesen sind, ja selbst wenn ihr Lebensunterhalt davon abhängt, daß sie nett zu dir sind, sich einfach nicht dazu durchringen können. Ich persönlich meine, das ist ein typisches Zeichen für einen ausgemachten Psychopathen. Ich habe nie jemanden erlebt, der so ungehobelt zu seinen Kunden war wie dieser Typ. Er sprang nicht nur mit uns so um, sondern mit jedem.

Er war dünn und hatte etwas von einer Ratte an sich, vermutlich war er Ende Dreißig, hatte aber schon schütteres Haar. Den ganzen Tag saß er hinter seinem Schreibtisch, fing jeden Musiker ab, der das Pech hatte, zufällig auf seinem Weg von einem Probenraum zum Klo an ihm vorbeizukommen, und langweilte ihn zu Tode mit seinen endlosen Geschichten aus der Zeit, als er noch mit irgendwelchen berühmten Bands auf Tour war, mit denen er wahrscheinlich nie im Leben was zu tun hatte. Angeblich war er Drummer, Gitarrist, Plattenproduzent und Tourneemanager gewesen, und das jeweils mit sagenhaftem Erfolg. Er hieß Vincent, und seine ganze Arbeit bestand anscheinend darin, daß er Geld kassierte und die Türen der Studios und Lagerräume abschloß. Manchmal geleitete er unter einem Schwall sarkastischer und herablassender Bemerkungen die Musiker zurück zu ihrem Probenraum, weil man sich in dem Gebäude unglaublich leicht verirren konnte. Es war ein richtiges Labyrinth und nahm mindestens drei oder vier Stockwerke (einschließlich des Kellers) des alten Lagerhauses ein. Auch ich hatte mich schon öfters verirrt, auf der Suche nach der Toilette oder so, und das, obwohl ich schon seit Monaten mit meiner Band dort probte. Wenn man in irgendeinem unbeleuchteten Korridor herumirrte und nicht mal wußte, ob man bei den vielen kleinen Treppen nach oben oder nach unten mußte, tauchte plötzlich der Typ aus der Dunkelheit vor einem auf und gab irgendeinen blöden Spruch von sich wie: »Wohl verlaufen, was?« Anschließend machte er ein unheimliches Getue, wenn er einen zurück zu seinem Studio brachte. Man hätte meinen können, daß er ständig kontrollierte, wo jeder gerade war und was er tat.

An diesem Abend dachte ich zuerst, ich hätte ihn bei guter Laune angetroffen. Ich war erleichtert, weil ich als erster da war, und so mußte ich ein Weilchen mit ihm plaudern, während ich auf die anderen wartete. Ich fragte ihn, welchen Raum Chester für uns gebucht hatte.

»Studio D«, sagte er. »Drei Mikros und ein Gretsch-Schlagzeug. Stimmt doch, oder?«

»Ja. Ich glaube, da waren wir noch nicht drin, oder? Bin gespannt, wie der Sound ist; mit Studio E waren wir nicht so zufrieden.«

Ich merkte gleich, daß ich etwas Falsches gesagt hatte.

»Was soll das heißen?« sagte er.

»Es klang ... ein bißchen verzerrt.«

»Verzerrt? In Studio E? Du machst Witze, Mann.«

»Es klang ein bißchen ... matschig.«

»Matschig? Ich trau meinen Ohren nicht. Das ist die beste PA, die wir haben, Mann, die ist nagelneu, wer da keinen guten Sound rausholt, dem ist nicht zu helfen.«

»Na ja, es klang irgendwie ...«

»Was war denn verzerrt? Der Gesang, was?«

»Also, hauptsächlich der Baßsound ...«

»Der Baß? Was hat der mit der Anlage zu tun? Was für einen Verstärker benutzt euer Bassist?«

»Der benutzt keinen Verstärker, er geht direkt ins Mischpult.«

»Direkt ins Mischpult? Bist du nicht bei Trost? Das ist eine Gesangsanlage, Mann, da kann man keinen Baß reinschicken. Hat er eine D.I.-Box benutzt?«

»Was?«

»Hat er eine D.I.-Box benutzt?«

»Tja, also, ich weiß nicht genau. Ich bin nur der Keyboardspieler.«

Er seufzte verächtlich. »Du weißt doch, was eine D.I.-Box ist, oder?«

»Natürlich«, sagte ich und lachte nervös. Auch er lachte, und wir kicherten freudlos über die naive Frage.

»Also, er wird doch wohl kaum einen Baß durch eine Gesangsanlage ohne D.I.-Box schicken, oder?« sagte er, und bevor ich antworten konnte, fuhr er fort: »Die PA ist das Beste vom Besten. Das Effektgerät im Outboard-Rack ist ein Yamaha REV-7, und für die Nachhallverzögerung habt ihr ein Roland SDE-3000. Ihr habt vier DBX-160X-Rauschunterdrückungssysteme und zwei 27-Band-Klark Tekniks. Du weißt doch, was das ist, oder?«

»Klar. Das sind ...«

»... die Graphic Equalizer, genau.«

»27-Band, oder? Wow.«

»Die ganze Anlage hat C-Audio-Verstärker, klar? Vier-Wege-Boxen mit Brook-Siren-Frequenzweichen. Sie haben alle Kompressionstreiber, und es gibt sogar eine extra Baßbox mit 24-Inch-Subwoofer. Also wie zum Teufel wollt ihr da einen matschigen Sound kriegen?«

»Keine Ahnung«, sagte ich verzweifelt lächelnd. »Vielleicht haben wir vergessen, die Anlage anzumachen.«

Er ignorierte die Bemerkung.

»Jedenfalls müßt ihr inzwischen so gut wie jeden Raum hier ausprobiert haben.«

»Nicht ganz«, sagte ich. »Wir waren noch nie in Studio B.« Ich stand auf und ging zu seinem Schreibtisch, damit ich in das Notizbuch sehen konnte, in das er alle Termine eintrug. »Vielleicht könnten wir mal Studio B ausprobieren. Ist das für heute abend schon verbucht?«

»Wahrscheinlich«, sagte er. »Studio B ist ziemlich beliebt.«

Ich versuchte, einen Blick in das Buch zu werfen, doch er beugte sich plötzlich darüber, damit ich nichts sehen konnte.

»Wieso bucht Chester uns nie für Studio B?« fragte ich. »Was ist denn daran so Besonderes?«

»Wir modernisieren es gerade«, sagte er. »Es bekommt eine neue PA. Es ist noch nicht ganz fertig.«

Ich kann nicht leugnen, daß mich diese Frage seit einiger Zeit beschäftigte. Irgendwo in dem Gebäude – gezieltes Suchen wäre sinnlos gewesen, bei dem ständigen Treppauf, Treppab und den verwinkelten Korridoren stieß ich immer nur per Zufall darauf – war eine schwere schwarze Tür mit einem großen B darauf. Soweit ich wußte, hatte noch nie eine Band den Raum benutzen dürfen, und Vincent tischte einem stets widersprüchliche Geschichten auf, warum das Studio nicht zur Verfügung stand. Mal war es für die nächsten drei Wochen ausgebucht, mal wurde es gerade neu ausgestattet, mal diente es vorübergehend als Lagerraum. Manchmal erzählte er haarklein, was für neue Geräte er gerade dort einbaute, dann wieder verfiel er in eisiges Schweigen, wenn man ihn nur darauf ansprach.

»Zur Zeit nehmen wir keine Buchungen für Studio B an«, sagte er und klappte das Buch zu. »Ihr erfahrt es als erste, wenn es wieder zu haben ist.«

Ich wollte gerade weiter nachfragen, als wir unterbrochen wurden, weil Harry, unser Bassist und Leadsänger, hereinkam. Die nächsten paar Minuten gingen damit drauf, daß wir unsere Instrumente aus dem Lagerraum holten, die Mikros testeten und anfingen, alles aufzubauen.

Wir waren im kleinsten Studio, das auch die niedrigste Decke hatte. Harry konnte kaum aufrecht stehen. Über Harry gibt es nicht viel zu erzählen. Er war so ziemlich das normalste und unkomplizierteste Mitglied unserer Band, ein durchschnittlich guter Bassist und ein durchschnittlich guter Sänger. Er spielte aus Spaß an der Freude und hatte keine großartigen Ambitionen, ein Popstar zu werden, und auch keine großen persönlichen Schwierigkeiten. Darin unterschied er sich von den anderen beiden, die etwa zehn Minuten später kamen.

Martin war tagsüber Angestellter bei einer Versicherung und sah sich abends als Stargitarristen. Er verdiente fast viermal soviel wie wir übrigen (was nicht unbedingt viel hieß), und alles, was er von seinem Einkommen sparen konnte, gab er für Musikequipment aus. Er hatte eine handgearbeitete Gitarre, und er wechselte vor jeder Probe die Saiten, manchmal sogar noch einmal zwischendurch. Sein Verstärker war größer als er selbst, teurer als unsere ganze restliche Anlage und voller lächerlich bunter Lämpchen und Digitalanzeigen. Man brauchte schon ein abgeschlossenes Informatikstudium, um überhaupt herauszufinden, wo er einzustöpseln war. Der Verstärker blieb die ganze Zeit im Lager, denn nicht mal zu viert konnten wir ihn irgendwohin tragen. Man hätte ein halbes Dutzend sozialschwache Familien darin unterbringen können. Das alles wäre ja noch in Ordnung gewesen, wenn Martin ein guter Gitarrist gewesen wäre; aber da er nur etwa fünf Akkorde beherrschte, hatte er noch nie ein Solo improvisieren können. Was ihm an musikalischer Begabung fehlte, machte er durch technischen Perfektionismus wett. Bei einem unserer Gigs hatte er siebenunddreißig Minuten für das Stimmen gebraucht. Dank ihm waren wir ständig nervös, denn ein winziger, kaum wahrnehmbarer Soundfehler genügte, damit er einen Koller kriegte. Einmal,

als wir in einem Pub in Leytonstone spielten und Rückkopp-
lungsprobleme mit der Gesangsanlage hatten, stürmte er von
der Bühne. Später stellte sich heraus, daß er sich im Kofferraum seines Wagens eingeschlossen hatte. Er hatte kurzes
Haar und einen eindringlichen Gesichtsausdruck und ging
nie ohne Krawatte. Zumindest habe ich ihn nie ohne gesehen.

Unser Drummer Jake war ein radikaler Existentialist mit
einer schwarzen Baskenmütze und einer goldenen Kassen-
brille. Er studierte am Birkbeck College, Philosophie und Li-
teratur, glaube ich. Schlagzeug übte er in seinem Zimmer,
wobei er eine Ausgabe von »Das Sein und das Nichts« als
Snare-Drum und drei Bände von »A la Recherche du Temps
Perdu« als Tomtoms benutzte. Wie Martin hatte er als Musiker seine Grenzen. Er besaß eine riesige Plattensammlung,
darunter solche Leckerbissen wie Aufnahmen von den in
technischer Hinsicht abenteuerlichsten Drummern aller Zeiten – Art Blakey, Elvin Jones, Tony Williams, Jack DeJoh-
nette –, doch wir schafften es einfach nicht, ihm einen anderen als den Viervierteltakt beizubringen, und sobald er von
der Bass-Drum und der Snare-Drum abwich, war er hilflos
verloren. Das einzige Drum-Pattern, das er kannte, war:

Sogar wenn wir eine federleichte Version von »The Girl
From Ipanema« spielen wollten, begleitete Jake uns mit diesem Pattern, aber in voller Lautstärke. Früher schrieb er auch
Songs für die Band, aber wir spielten sie nie. Irgendwie ver-
banden sich seine beiden Leidenschaften für Metaphysik und
Popmusik einfach nicht zu einem zufriedenstellenden Ganzen. Seine Songs vereinten stets die philosophische Komple-
xität von »Bat Out Of Hell« mit der nackten Rock-'n'-Roll-

Energie von Schopenhauers »Die Welt als Wille und Vorstellung«. Im großen und ganzen mochte ich Jake, aber er brachte mich ständig auf die Palme. Wäre er nicht so intelligent gewesen, wäre er, glaube ich, der dämlichste Typ gewesen, der mir je über den Weg gelaufen ist.

Es war unsere erste Probe seit unserem letzten katastrophalen Auftritt, und so saßen wir eine Weile herum und redeten darüber, bevor wir anfingen. Die Moral der Alaska Factory war zu der Zeit im Keller. Seit fast einem Jahr spielten wir nun schon live, und uns beschlich das Gefühl, daß wir nicht die geringsten Fortschritte gemacht hatten. Nach wie vor hatten wir denselben harten Kern von Fans, zirka neun Leute, überwiegend Verwandte und Freundinnen. (Madeline hatte uns übrigens noch nie spielen gehört, nicht einmal eine unserer Aufnahmen kannte sie. Nie hatte sie irgendein Interesse geäußert, und ich war von unserem Repertoire – die meisten Stücke hatten entweder Harry oder Martin geschrieben – nicht so überzeugt, daß ich darauf bestanden hätte, daß sie sich was von uns anhörte. Ich sprach auch nie mit den anderen Bandmitgliedern über Madeline. Sie kannten ihren Namen und wußten, daß sie meine Freundin war, aber sie hatten sie nie kennengelernt, und ich wollte auch, daß das so blieb. Ich fand es in gewisser Weise befriedigend, zwei Leben zu führen, die völlig voneinander getrennt waren. Ich wußte auch, daß Madeline die anderen nicht gemocht hätte; sie hätte weder die schmuddelige Atmosphäre der Thorn Bird Studios gemocht noch die Lokale, wo wir immer nach den Proben etwas aßen, oder die Kneipen und Säle, wo Chester für uns Auftritte organisierte.) Nicht einmal die jämmerlich einfache Musik, die wir spielten, beherrschten wir wirklich. Es konnte uns nach wie vor passieren, daß wir mitten in einem Zwölftakt-Blues völlig aus dem Rhythmus gerieten. Und was uns alle bei der Stange hielt, die Fata Morgana, der Heilige Gral, der Hoffnungsschimmer jeder ambitionierten Band – ein Plattenvertrag –, schien so unerreichbar fern wie eh und je.

An diesem Abend hatten wir überdies Geschäftliches zu besprechen, weil wir beschlossen hatten, ein neues Demo aufzunehmen. Wir hatten vereinbart, uns am Dienstag vormittag freizunehmen, und Raum 2 gebucht. Überraschenderweise und mit Chesters Unterstützung konnte ich die anderen überreden, eins von meinen Stücken aufzunehmen, ein schwungvolles, tanzbares mit dem Titel »Stranger in a Foreign Land«, eins meiner neuesten (Harry hatte mir beim Text geholfen). Es verlangte ein oder zwei bescheidene Tonartenwechsel und einige Veränderungen der Dynamik, und ich war mir nicht sicher, ob wir das hinkriegen würden, daher vereinbarten wir, die Session an dem Abend vor allem zum Üben dieses Songs zu nutzen.

Ich gab Harry eine Akkordfolge, die ich während der Mittagspause aufgeschrieben hatte, und wandte mich dann an Jake.

»Ich denke ... äh ... ich denke, es wäre gut, so ein bißchen Afrolatino-Feeling reinzubringen«, erklärte ich. »Du weißt schon, jede Menge Off-Beats.«

»Klar«, sagte er nervös.

Ich blickte zu Harry hinüber und hoffte auf Unterstützung.

»Hab ich nicht recht?«

Er nickte. »Na ja, es müßte ...« Er begann mit dem Fuß zu tippen und leise vor sich hin zu zählen. »Es müßte ungefähr so gehen ... *tschug*ga, tschugga tschugga tschugga tschugga tschugga tschugga tschugga, *tschug*ga tschugga tschugga tschugga tschugga tschugga tschugga tschugga. Meinst du nicht?«

Ich runzelte die Stirn. »Also, ich hab es mir eher so vorgestellt ... tschugga*tschug* tschugga*tschug* tschugga*tschug* tschugga*tschug* ... Weißt du, als ob wir Shaker hätten oder so.«

»Na, soll Jake es doch mal ausprobieren, damit wir sehen, ob es hinhaut.«

Jake blickte von einem zum anderen, nickte, spuckte in die Hände, nahm seinen schwersten Stock und legte los:

Nach ein paar Takten gab ich ihm zu verstehen, daß er aufhören sollte, aber er war richtig in Fahrt gekommen, und bevor ich etwas tun konnte, hatte Martin schon seine Gitarre genommen und hämmerte unablässig die gleichen zwei Akkorde runter, so daß das Ganze allmählich klang wie die groteske Parodie eines Status-Quo-Stücks.

»Okay, okay!« rief ich, wedelte mit den Armen und brachte sie schließlich dazu aufzuhören. »Das war ... wirklich toll, Jungs, aber könnten wir jetzt vielleicht mit meinem Song weitermachen?«

»Das war dein Song«, sagte Martin.

»Ach was?«

»Die beiden Akkorde, die du geschrieben hast.« Er zeigte mir das Blatt. »E und Fis, richtig?«

»Na ja ... fast, Martin, fast. Weißt du, eigentlich haben wir hier e-moll neun und fis-moll sieben. Du hast Dur-Akkorde gespielt.«

»Ist das denn so ein großer Unterschied?«

»Na ja, technisch gesehen schon. Weißt du, das sind eben verschiedene Noten.«

»Ich finde, wir sollten es so einfach wie möglich halten.«

»Finde ich auch, Martin, Einfachheit, ganz deiner Meinung. Versteh mich nicht falsch, aber was du gespielt hast, ist ... na ja, musikalisch gesehen ... etwas völlig anderes als das, was ich geschrieben habe.«

Meine Kritik schien ihn nicht zu erfreuen, und um seiner Verärgerung Ausdruck zu geben, sagte er: »Ich denke, ich muß noch mal nachstimmen.«

Da ich wußte, daß das eine Weile dauern würde, ließ ich ihn erst mal in Ruhe und machte mich auf die Suche nach der Toilette.

Sie lag entweder im ersten oder im zweiten Stock (nachdem man auf dem Weg dorthin über so viele kleine Treppenabsätze gegangen und so viele Treppen auf- und abgestiegen war, konnte man das unmöglich noch sagen), und auf dem Rückweg verirrte ich mich erneut. Als ich gerade zu wissen meinte, wo ich lang mußte, ging das Licht aus (die Lampen hatten eine Art Zeitschaltung), und ich mußte mich einen stockdunklen Korridor entlangtasten. Am Ende des Korridors stieß ich auf eine verschlossene Tür. Es war ganz still. Ich wollte gerade kehrtmachen, da glaubte ich auf einmal, eine Stimme zu hören. Ich hätte schwören können, daß hinter der Tür jemand irgendwas rief – aber es klang wie aus einiger Entfernung. Die Stimme war die eines Mannes und schien ziemlich laut zu rufen, wobei das Geräusch durch die Tür stark gedämpft wurde. Aber vielleicht bildete ich mir das ja auch nur ein. Ich stand ein paar Sekunden da und lauschte angestrengt, als mich plötzlich eine Hand an der Schulter faßte. Gleichzeitig ging das Licht wieder an, und ich sah, daß ich vor der Tür von Studio B stand, Auge in Auge mit Vincent.

»He, Rumpelstilzchen«, sagte er. »Was zum Teufel hast du hier zu suchen?«

Ich gebe bereitwillig zu, daß ich nicht gerade groß bin, aber diese Anrede ging unter die Gürtellinie und war völlig fehl am Platz.

»Ich hab mich verlaufen«, sagte ich.

»Los, weg da. Euer Raum ist ganz woanders. Du kommst jetzt mit.«

Er drückte die Klinke der Studiotür, um sich zu vergewissern, daß sie noch verschlossen war, und führte mich dann weg.

»Tut mir leid«, sagte ich. »Es ist manchmal nicht ganz einfach, sich hier zurechtzufinden.«

»Du bist schon oft genug hier gewesen«, sagte er, er schien sich aber Mühe zu geben, seinen Ärger abklingen zu lassen. »Und, wie läuft's heute abend? Ihr kriegt einiges geschafft, was?«

»Wir proben ein Stück für Dienstag«, erklärte ich. »Du weißt doch, für die Session, die du für uns produzieren sollst.«

Es schien ihn nicht sonderlich zu freuen, daran erinnert zu werden. Auch wir waren nicht erbaut von dem Gedanken, einen ganzen Tag mit Vincent im Studio zu verbringen, aber er war im Preis für die Session inbegriffen, und keiner von uns wußte, wie man ein 8-Spur-Mischpult bediente. Er war zumindest erfahren, wenn man den Geschichten glauben durfte, die er so erzählte.

Ich ging zurück zu den anderen, und die nächsten zwei Stunden probten wir höchst konzentriert, bis alles einigermaßen gut lief. Ich vergaß die Stimme, die ich hinter der Tür von Studio B gehört hatte. Um zehn Uhr nahm »Stranger in a Foreign Land« allmählich Gestalt an, und Harry kriegte den Dreh mit der kniffligen Gesangspassage einigermaßen hin, als Martin plötzlich aus voller Kehle »Stop!« schrie, seine Gitarre hinwarf und mit den Händen in den Hüften angestrengt lauschend dastand. Wir betrachteten ihn verängstigt.

»Wo kommt das Zischen her?« fragte er schließlich.

»Was für ein Zischen?«

»Ich hör kein Zischen.«

»Die Lautsprecher zischen. Hört ihr das denn nicht? Es ist ohrenbetäubend!«

Wir lauschten eine Weile, und dann sagte Harry versöhnlich: »Na ja, wir brauchen ja im Moment keinen perfekten Ton, wir proben ja nur ...«

Martin stampfte mit dem Fuß auf und sagte: »Was die Technik angeht, ist diese Band ein Haufen ... Ignoranten! Ihr seid so verdammt ...« Dann erstarrte er erneut. »Was ist das für ein Knistern?«

71

»Was für ein Knistern?«

»Ich hab kein Knistern gehört.«

»Tut mir leid, das war ich«, sagte Jake, der eine Tüte Chips geöffnet hatte.

Harry beging den Fehler zu lachen.

»Okay! Das war's!« rief Martin und fing an, seine Gitarre auszustöpseln und sie einzupacken. »Ich weiß nicht, warum ich weiter mit solchen Amateuren spielen soll, die nicht mal begreifen, wie wichtig ein guter Sound ist. Mit euch zu spielen ist wie mit dem Kopf gegen eine Wand zu rennen. Ihr seid völlig unprofessionell, ohne jedes Engagement ...« Er nahm seinen Gitarrenkoffer, ging zum Ausgang und sagte, bevor er türenknallend verschwand: »Ich steige aus, endgültig.«

Er war fort, und es herrschte kurzes Schweigen. Dann legte Jake seine Stöcke hin und fing an, das Schlagzeug auseinanderzumontieren.

»Tja, das war's dann wohl wieder mal«, seufzte er. »Wieder ein Tag im Studio für die Katz.«

Keiner von uns machte sich übermäßig Sorgen, denn es war mindestens das fünfzehnte Mal, daß Martin gedroht hatte auszusteigen. Normalerweise tauchte er bei der nächsten Probe wieder auf, ohne ein Wort darüber zu verlieren. Es lohnte sich nicht, ihm nachzulaufen. Harry zündete sich eine Zigarette an, und ich spielte ein paar Variationen von »Autumn Leaves«. Die Atmosphäre im Studio war eher müde als angespannt.

»Chester hat angerufen«, sagte Harry nach einer Weile.

Ich hörte auf zu spielen.

»Ja?«

»Er meint, wir sollten uns mal alle zusammensetzen und reden.«

»Schön.«

»Sonntag mittag, im White Goat.«

»Schön.«

»Ich ruf Martin an und sag ihm Bescheid, ja?«

Harry und Jake beschlossen, in einen Kebab-Laden zu gehen, aber ich hatte keine Lust mehr. Ich fuhr mit dem Bus von der Borough High Street, nachdem ich den Fahrer überreden konnte, das Keyboard mitzunehmen. Der Bus brachte mich nur in die Nähe der Wohnung, so daß ich die restliche halbe Meile zu Fuß gehen mußte, was ich mit ein paar Verschnaufpausen in knapp zehn Minuten schaffte. Ich begegnete diesmal keinen Tippelbrüdern oder Jugendlichen, obwohl in der Pommesbude irgendwas im Gange war. Zwei Typen hatten den Besitzer gegen die Wand gedrängt. Es sah aus, als wollten sie die Kasse ausrauben oder so. Ich hatte aber keine Lust, mich einzumischen.

In der Wohnung angekommen, wollte ich gerade den Fernseher einschalten, weil ich dachte, es könnte vielleicht mal eine interessante Sendung laufen, als ich das grüne Lämpchen am Anrufbeantworter blinken sah. Wieder waren keine Nachrichten für mich drauf. Es war Pedro.

»Hola, Tina, ich bin's nur, um zu fragen, wie's dir geht, mein kleines Pummelchen. Weißt du, es hat mich ganz schön fertiggemacht, wie du geweint und mich beschimpft hast, vor allem die Ausdrücke, die ich einer Lady wie dir gar nicht zugetraut hätte. Jedenfalls hoffe ich, es geht dir wieder besser, und es tut mir leid wegen gestern nacht. Ich glaub, ich hab etwas die Kontrolle verloren, und ich hoffe, ich hab dir nicht weh getan oder so. In Spanien machen Männer und Frauen so was ständig, aber vielleicht seid ihr Engländerinnen da ein bißchen verklemmt. Jedenfalls komme ich heute nacht wieder vorbei, wenn du mich noch sehen willst, und vielleicht können wir ja da weitermachen, wo wir aufgehört haben. Okay?«

Eine lange Pause.

»Tut mir leid.«

Der Anrufbeantworter schaltete sich ab.

Mittelteil

Were you and he Lovers?
And would you say so if you were?

Morrissey,
»Alsatian Cousin«

Niemand, absolut niemand, der auch nur den Hauch einer Wahl hat, würde den Sonntagmorgen in einer Sozialbausiedlung in South East London verbringen. Wenn man morgens aufwacht und auf den feuchten Fleck an der Zimmerdecke blickt, sieht man für einen kurzen Moment vor seinem geistigen Auge alle schönen Orte auf der Welt, all die Orte, an denen man hätte aufwachen können, und man begreift, daß sich irgendwo irgendwer ernsthaft vertan hat.

Die Sonne scheint. Es ist ein schöner, frischer, winterlicher Morgen. Man hat zwei Möglichkeiten. Man bleibt entweder den ganzen Tag im Bett liegen und versucht zu vergessen, wo man ist, oder man steht auf und geht nach draußen und sucht schleunigst das Weite – irgendwohin, egal, bloß irgendwohin, wo man nicht ganz so selbstmörderische Depressionen bekommt. In der ganzen Siedlung müssen die Leute solche Gedanken haben; in jeder einzelnen Wohnung muß es Menschen geben, die ihre Flucht planen. Man möchte eigentlich meinen, daß jeden Sonntagmorgen im Herbert Estate ein Massenexodus stattfindet, daß es auf den Straßen nur so wimmelt von verzweifelten Männern, Frauen und Kindern, die gemeinsam zur Freiheit streben. Aber dem ist nicht so. Niemand ist unterwegs. Alle bleiben brav zu Hause. Wissen Sie, warum?

Weil, verdammt noch mal, keine Busse fahren, deshalb.

Das heißt natürlich nicht, daß hier keine Busse fahren sollten. Irgendwo, vielleicht verborgen in einem längst vergessenen Kellergewölbe oder Archiv, muß ein Fahrplan liegen, der darüber Auskunft gibt, wann und wo die Busse fahrplanmäßig verkehren sollten. Neben der Haltestelle ist sogar eine kleine Tafel angebracht, wo ebendieser Fahrplan eigentlich ausgehängt sein müßte, doch der Fahrplan selbst ist nie da. Ich glaube, die Londoner Verkehrsbetriebe haben extra zu diesem Zweck eine Gruppe Vandalen eingestellt, die die Fahrpläne wenige Sekunden, nachdem sie ausgehängt wurden, wieder abreißen, damit niemand weiß, wann die Busse fahren, und sich darüber beschweren kann, daß sie nicht kommen. An einem Sonntagmorgen an der Bushaltestelle zu stehen ist wie in die Kirche zu gehen: Es ist eine Glaubenshandlung, ein Ausdruck der irrationalen Hoffnung auf etwas, von dessen Existenz man von ganzem Herzen überzeugt sein möchte, obwohl man es nie mit eigenen Augen gesehen hat.

Erst bist du ganz allein an der Haltestelle. Du hast mehrere Stunden für die Fahrt eingeplant und bist einfältig optimistisch. Du pfeifst ein Lied vor dich hin. Zwanzig Minuten vergehen, und dann kommt ein Bus, aber der ist außer Dienst. Was soll's, es ist ja noch früh am Tag. Ein alter Mann gesellt sich zu dir und fragt dich, ob du schon lange wartest. Du sagst, etwa zwanzig Minuten. Er nickt und zündet sich eine Zigarette an. Du fängst an, aus den Wörtern auf den Werbeplakaten gegenüber Anagramme zu bilden. Du zählst die Fenster des Wohnblocks auf der rechten Seite. Weitere zwanzig Minuten verstreichen, und du wirst allmählich ungeduldig. Dein Fuß hat angefangen, auf und ab zu wippen. Der alte Mann hat seine Zigarette aufgeraucht, gibt auf und verschwindet. Allmählich tun dir die Beine weh, und du verlagerst unruhig das Gewicht von einem Fuß auf den anderen. Direkt hinter dir ist ein kleiner Laden, und der Besitzer, ein Zypriot, steht in der Tür und schaut dich mit einem aufreizend seligen, wissenden Lächeln an. Er lächelt, weil er weiß – und du weißt es auch, obwohl du es dir nicht eingestehen willst –, daß dein Martyrium noch gar nicht richtig angefangen hat.

Noch mehr Zeit verrinnt. Du hast aufgehört zu pfeifen, und es fallen dir auch keine Anagramme mehr ein. Immer wieder siehst du auf die Uhr, so häufig, daß du fast auf die Sekunde genau weißt, wie spät es ist, wenn du wieder draufschaust. Wieder kommen Leute zur Bushaltestelle. Manche geben schon nach einigen Minuten auf und gehen weiter. Inzwischen, so sehr du dich auch dagegen wehrst, steigt eine hohle, traurige Verzweiflung in dir auf. Eine sehr alte Frau geht vorbei, die vor sich hinmurmelt und einen kleinen Handwagen mit schmutziger Wäsche zieht. Du haßt sie. Du haßt sie, weil du weißt, daß du sie wiedersehen wirst. Obwohl sie in einem Tempo von einer Meile pro Jahrhundert geht, weißt du, daß sie die Zeit haben wird, zum Waschsalon zu gehen, drei Maschinen Wäsche zu waschen, zu ihrer Schwester zum Sonntagslunch zu gehen, zu essen, den Abwasch zu machen, sich zwei Folgen von »East Enders« hintereinander anzuschauen und den ganzen Weg zurückzugehen, bevor der nächste Bus kommt. Du fängst an zu überlegen, was du alles in der Zeit hättest machen können, die du schon auf den Bus wartest. Du zählst all die Stunden zusammen, die du in deinem Leben schon auf Busse gewartet hast, die nie gekommen sind. Die ganze unsäglich traurige Geschichte der Menschheit, der gesamte Katalog von menschlichem Leid und Elend scheint sich plötzlich in dieser sinnlosen Tätigkeit zu konkretisieren. Dir ist nach Weinen zumute.

Mittlerweile hat sich eine beträchtliche Menschenansammlung an der Haltestelle gebildet. Menschen hocken auf dem Bürgersteig, zitternd, den Kopf in den Händen vergraben; Frauen stillen ihre Babys; kleine Kinder wimmern und stöhnen und laufen verstört im Kreis. Es könnte eine Szene aus einem Flüchtlingslager im Nahen Osten sein. Und außerdem hast du einen unglaublichen Hunger. Der kleine Laden des Zyprioten hinter dir hat noch geöffnet, und du fragst dich, ob du einen Akt der Nächstenliebe vollbringen sollst, weil es in deiner Macht steht, all diese Menschen von ihrem Elend zu erlösen. Du weißt nämlich, daß du nur in den Laden gehen mußt, nur für dreißig Sekunden, um einen Schokoriegel zu kaufen, und schon wird ein Bus um die Ecke biegen, und er wird schon wieder weg sein, wenn du aus dem Laden herauskommst. Daran hast du nicht den geringsten Zweifel. Doch gleichzeitig drängt sich dir die Frage auf, ob es das Risiko nicht wert wäre: Angenommen der Bus kommt nicht sofort, wenn du den Laden betrittst, sondern genau in dem Moment, wenn du dem Ladenbesitzer das Geld gibst – würde die Zeit vielleicht nicht doch reichen, um das Wechselgeld in Empfang zu nehmen, nach draußen zu sprinten und in den Bus zu springen? Es ist einen Versuch wert. Also gehst du in den Laden und suchst dir einen Schokoriegel aus, und der zypriotische Ladenbesitzer ist zum Mittagessen gegangen, und sein achtjähriger Sohn kümmert sich solange um den Laden, und du gibst ihm ein Fünfzig-Pence-Stück und wirfst nervös einen Blick zum Fenster hinaus, und der Bus ist gekommen, und der kleine zypriotische Junge kratzt sich den Kopf, weil er nicht den leisesten Schimmer hat, wie man fünfzig minus vierundzwanzig rechnet, und du rufst: »Sechsundzwanzig! Sechsundzwanzig!«, und er öffnet die Kasse, aber es sind keine Zehn- oder Zwanzig-Pence-Münzen drin, und er fängt langsam an, das Wechselgeld in Kupfermünzen hinzuzählen, und du schaust aus dem Fenster und siehst, wie die letzte Person gerade in den Bus steigt, und du rufst: »Schon gut, Kleiner, schon gut!« und läufst nach draußen, als der Bus gerade losfährt, und der Fahrer sieht dich, aber er hält nicht noch einmal kurz an, weil er ein ausgemachtes Arschloch ist.

Was folgt, ist ein kurzer hysterischer Lachkrampf, und

dann stellt sich eine seltsame, abgeklärte Ruhe ein. Es ist beinahe totenstill, nachdem die Leute alle in den Bus gestiegen sind, und auch sonst ist auf den Straßen kaum jemand unterwegs. Du schaust auf die Uhr, aber die Zeit ist bedeutungslos geworden, weil du jetzt eine andere Ebene temporalen Bewußtseins erreicht hast, auf der die irdische Zeit keinen Sinn mehr hat. Du fühlst dich gelassen und zufrieden. Bald hast du das Gefühl, als wäre es dir gar nicht so lieb, wenn doch noch ein Bus käme, weil er den Zauber dieser neuen und wunderbaren Euphorie zerstören würde. Der Gedanke, bis ans Ende deines Lebens an der Bushaltestelle zu stehen, erfüllt dich mit friedlichem Gleichmut. Hier zu warten erscheint dir nun wie eine reiche und befriedigende Erfahrung, denn sie hat dich eine philosophische Distanz gelehrt, um die dich viele bedeutende Männer beneiden würden. Verglichen mit der heroischen Stärke, über die du jetzt verfügst, wirkt Sir Thomas More am Tag seiner Hinrichtung wie eine armselige Heulsuse. Gemessen an deiner stoischen Festigkeit nimmt sich Sokrates mit dem Schierlingsbecher an den Lippen wie ein kindischer und paranoider griechischer Laberkopf aus. Du hast das Gefühl, als könnte dir nichts auf der Welt mehr irgend etwas anhaben.

Genau in diesem Moment biegt etwas um die Ecke und kommt auf dich zu. Es ist ein Taxi, und das gelbe Licht ist an. Ohne auch nur nachzusehen, ob du genug Geld dabeihast, hältst du es an und springst hinein.

»Tut mir leid, daß ich zu spät komme«, sagte ich und nickte Chester entschuldigend zu. »Ich hatte Probleme, einen Bus zu kriegen.«

Harry, Martin, Jake und Chester saßen an einem kleinen Tisch in der Nähe der Theke. Keiner von ihnen wirkte besonders fröhlich. Jake hatte ein Buch aufgeschlagen auf dem Schoß liegen.

»Schon gut«, sagte Chester. »Ist nicht schlimm.« Er lächelte mich an, rückte seine Mütze gerade und trank einen Schluck von seinem Bier.

»Ich hol mir nur rasch was zu trinken«, sagte ich, »wenn ihr alle was habt.«

An der Theke bediente mich eine Frau, die ziemlich neu im White Goat war. Ich hatte sie erst ein paarmal gesehen, und obwohl wir einmal kurz miteinander geredet hatten, war ich nicht sicher, ob sie sich an mich erinnern würde. Aber sie tat es. Sie hatte langes, dichtes kastanienbraunes Haar und einen ausgeprägten schottischen Akzent – dennoch war ihre Stimme sanft und ruhig, genau wie ihre Augen. Ich gestand es mir nicht gerne ein, aber ich fand sie sehr attraktiv. Mir war schleierhaft, wieso sie in dieser Kneipe Bier zapfte. Häufig schien sie wie abwesend, war in Gedanken ganz woanders, und sie unterhielt sich nur mit den wenigsten Gästen, weshalb es um so sonderbarer war, daß sie mit mir geredet hatte. Heute war ich entschlossen, ihren Namen herauszufinden.

»Ich bin's wieder«, sagte ich, weil mir nichts Geistreiches einfiel.

»Ach, hallo. Becks, oder?«

»Stimmt.«

Sie nahm eine Flasche aus dem Kühlschrank.

»Spielt heute keine Band?«

»Du hast sie verpaßt. Die haben nur knapp vierzig Minuten gespielt. War nicht besonders gut.«

Im White Goat wurden sonntags mittags neue Bands vorgestellt. The Alaska Factory hatte auch einmal hier gespielt, auch nur vierzig Minuten, und wir waren auch nicht besonders gut gewesen. Ich war froh, daß die Frau damals noch nicht hier gearbeitet hatte.

»Bist du ein Freund von Chester?« fragte sie.

»Ja. Kennst du ihn?«

»Ich lerne ihn so allmählich kennen. Er ist dauernd hier. Hat manchmal seltsame Leute dabei. Lauter zwielichtige Gestalten.«

»Chester ist unser Manager.«

»Ach ja? Bist du auch Musiker?«

»Ja, ich bin Pianist, genauer gesagt.« Ich deutete mit dem Daumen zu den anderen. »Das mit der Band machen wir bloß zum Spaß.«

»So, wie die aussehen, scheinen sie aber nicht viel Spaß zu haben«, sagte sie und sah zu ihnen hinüber.

»Tja, wir haben zur Zeit eine kleine Krise. Wir stagnieren irgendwie, weißt du.«

»Schade.«

Ich zuckte die Achseln. »Ein paar kleinere Veränderungen in der Besetzung, und alles ist wieder im Lot. Wir brauchen einen neuen Gitarristen und einen neuen Drummer.« Sie gab mir mein Bier. »Und wahrscheinlich auch einen neuen Sänger.«

»Verstehe.« Dann sagte sie, eher beiläufig: »Ich singe ein bißchen.«

»Wirklich?«

»Na ja, früher. Heute nur noch ab und zu.«

»Was denn so?«

»Alles mögliche.«

»Ach so.« Fasziniert beobachtete ich sie, während sie mein Wechselgeld abzählte. »Wie heißt du eigentlich?«

»Karla. Karla mit K.«

»Ich bin William.«

»Hallo, William.« Sie drückte mir das Wechselgeld in die Hand.

»Singst du zur Zeit irgendwo? In einer Band oder so?«

»Nein, überhaupt nicht.«

Ich versuchte, mir vorzustellen, wie sie sang. Vielleicht war ihre Stimme heiser und erinnerte an rauchgeschwängerte Kneipen und traurige, sinnliche Balladen aus den dreißiger und vierziger Jahren. Vielleicht war ihre Stimme hell und klar, wie ein Bach in Schottland, und sie sang Folksongs und gute, starke Lieder aus ihrem Heimatland.

»Wo kommst du her?« fragte ich.

»Aus Mull«, sagte sie. »Ursprünglich. Wir sind dann aber aufs Festland gezogen, als ich noch ganz klein war. Ich war schon seit Jahren nicht mehr auf der Insel.«

Ich holte Luft und sagte: »Hör mal ... wie wär's eigentlich, wenn wir mal ein paar Songs zusammen machen würden?« Meine Worte klangen abgeschmackt, noch während ich redete. »Ich könnte dich begleiten.«

»Ich glaube, deine Freunde werden ungeduldig«, sagte Karla.

Ich folgte ihrem Blick und sah, daß sie uns alle anstarrten. Harry machte eine »Komm-her«-Geste mit den Augen. Ich ging wieder zu ihnen, und Karla bediente einen anderen Gast.

Chester sagte: »Meinst du, du kannst ein bißchen Zeit für uns erübrigen, oder bist du noch nicht fertig mit Frauenanbaggern?«

»Ich hab mir nur was zu trinken geholt.«

»Wir haben was Ernstes zu bereden«, sagte Martin. Er war der einzige im Pub, der an diesem Nachmittag eine Krawatte trug.

»Worum geht's denn?«

»Die Band.«

»Es scheint die einhellige Meinung zu herrschen«, sagte Harry, »daß wir uns in ausgefahrenen Gleisen bewegen.«

Hier am Tisch zu sitzen und über etwas so Triviales zu reden kam mir auf einmal grotesk vor. An einer Wand stand ein Klavier, und ich spürte plötzlich den unwiderstehlichen Drang, hinzugehen und etwas zu spielen, bloß um von den anderen wegzukommen. Aber ich blieb, wo ich war.

»Chester sagt«, fuhr Harry fort, »daß wir zwei Sachen machen müssen. Erstens müssen wir endlich eine Platte rausbringen. Dazu müssen wir das Interesse einer Plattenfirma wecken, daher ist es unbedingt erforderlich, daß wir am Dienstag ein gutes Demo aufnehmen.«

»Okay«, gähnte ich. Ich dachte, wie schön es wäre, Karla bei einer Version von ›My Funny Valentine‹ zu begleiten. Sie würde die Melodie singen, und ich würde für die harmonische Untermalung sorgen, sie immer wieder mit unerwarteten Akkordwechseln und Variationen überraschen und erfreuen.

»Zweitens«, sagte Harry, »müssen wir unsere Bühnenauftritte verbessern. Der Grund, warum das Publikum letzten Freitag so aggressiv war, ist der, daß wir keine Autorität haben. Wir haben die Leute nicht im Griff gehabt.«

»Ach, hör doch auf«, sagte ich. »Das Problem am Freitag war, daß wir vor einem Haufen Psychopathen und Kettensägenmördern gespielt haben. Bei denen hätte selbst Hitler Probleme gehabt, sich Autorität zu verschaffen.«

»Harry will damit nur sagen«, warf Chester ein, »daß ihr euch Gedanken machen müßt, wie ihr euch präsentiert.«

Pause.

»Und was genau soll das heißen?« fragte ich.

»Harry und ich haben nachgedacht«, sagte Martin, »und wir meinen, du solltest auf der Bühne im Stehen spielen.«

»Was?«

»Der Hocker, auf dem du sitzt, wenn du Keyboard spielst«, sagte Harry. »Der muß weg.«

»Ich glaub's einfach nicht«, sagte ich. »Unser Publikum besteht aus der Londoner Sektion des Charles-Manson-Fanclubs, und ihr meint, die werden vor Verblüffung ganz unterwürfig, wenn sie sehen, daß ich von meinem Hocker aufstehe?«

»Wir reden hier nicht nur von letztem Freitag. Es geht um das ganze ... Konzept der Band.«

»Es geht um unsere grundsätzliche Einstellung«, sagte Martin, »und um Dynamik.«

»Entschuldigt meine Naivität«, sagte ich, »aber ich hab immer gedacht, es geht um Musik.«

»Die Musik ist okay«, sagte Martin. »Mit der Musik ist alles in Ordnung. Wir reden hier über den Augenkontakt.«

»Wenn ich stehe, kann ich meine Pedale aber nicht benutzen.«

»*Wir* beide stehen«, sagte Harry, »und wir können unsere Pedalen benutzen.«

»Tut mir leid, aber ich bin völlig fassungslos. Ich meine, als nächstes verlangt ihr von mir, daß ich mein Keyboard um den Hals trage, als würde ich Eis verkaufen.«

»Wir möchten nur, daß du im Stehen spielst, mehr nicht.«

»Glaubt ihr, Wladimir Ashkenazy muß stehen, wenn er die Mondscheinsonate spielt? Um sich Autorität zu verschaffen?«

»Das ist was anderes«, sagte Jake. »Ein klassischer Pianist verschafft sich Autorität durch eine Reihe distinktiver Zeichen, zum Beispiel durch den Anzug, den er trägt, und wie er auf die Bühne kommt und sich hinsetzt. Das ist eine Frage der Semiotik.«

»Auf wessen Seite stehst du eigentlich?« fragte ich.

»Auf deiner.«

Die anderen blickten ihn überrascht an.

»Ich denke, Bill sollte weiter im Sitzen spielen. Sonst bringt er das Gleichgewicht durcheinander. Im Moment stehen zwei von uns und zwei sitzen. Das vermittelt Ausgeglichenheit und Gleichgewicht.«

»Scheiß aufs Gleichgewicht«, sagte Martin. »Es geht um Körpergröße.«

Ich stand auf.

»Das ist absolut lächerlich.«

»William, Herrgott noch mal, setz dich wieder hin!« rief Harry.

»Ich dachte, ich soll stehen.«

»Du sollst *jetzt* stehen und auf der *Bühne* sitzen. Ich meine, du sollst *jetzt* sitzen und auf der Bühne *stehen*!«

»Schön ruhig bleiben, Jungs«, sagte Chester. »Es bringt nichts, wenn wir ausrasten.«

»Besorgt euch doch einfach einen größeren Keyboardspieler!«

»Wir wollen nicht persönlich werden, Bill. Wir wissen zu schätzen, was du in die Band einbringst. Das weißt du.«

Ich seufzte. »Will noch jemand was trinken?«

Wie sich herausstellte, wollten alle noch was trinken – außer mir: Ich hatte bloß gefragt, weil ich wieder zur Theke gehen und mit Karla reden wollte. Ich kam jedoch nicht dazu, weil Chester und Harry darauf bestanden, zusammen die nächste Runde auszugeben. Während sie weg waren, sprach ich nicht mit den anderen beiden, sondern setzte mich ans Klavier. Zu meiner großen Überraschung war es nicht abgeschlossen. Im Pub war keine Musikbox, und der Geräuschpegel war so hoch, daß ich leise spielen konnte, ohne daß es jemand bemerkte.

Ich spielte die ersten acht Takte von »Tower Hill« zweimal durch, und mein Finger verharrte auf der letzten Note, dem hohen Es. Weiter war ich immer noch nicht gekommen. Doch inzwischen erinnerte ich mich vage an eine Harmonie, die ich einmal gehört hatte – ein Akkord mit kleiner Septime, wobei die Melodie mit einer Quarte über dem Grundton einsetzte. In dem Fall würde Es ... einen b-moll-Septimakkord ergeben. Ich probierte es aus. Es klang hübsch. Prompt ergab sich eine melodische Figur:

Das zu harmonisieren war leicht. Ich brauchte dazu nur die Quinte in der zweiten Hälfte des Taktes zu erniedrigen. Es entzückt mich immer und immer wieder, daß sich, wenn man einen Akkord nur durch einen Halbton verändert, ein völlig anderer Effekt ergibt. Diese Figur würde natürlich mit einem normalen C in einem As-Dur-Septimakkord enden, der den ganzen Takt hindurch gehalten wird. Das C gab mir die Idee für die nächste Entwicklung – eine Wiederholung der vorherigen zwei Takte, nur eine kleine Terz tiefer und mit einem C7 als zweitem Akkord. Auch die Melodiefolge blieb im großen und ganzen gleich, so daß sich die gesamte Vier-Takte-Sequenz jetzt so anhörte:

Das Stück gefiel mir immer besser – nicht, weil es unbedingt originell war oder weil es in technischer Hinsicht etwas Besonderes war, sondern weil es meine Gefühle für Madeline ganz deutlich zum Ausdruck brachte. Ich fragte mich, ob ich es ihr vorspielen sollte, wenn es fertig war, und ihr sagen sollte, daß ich beim Komponieren an sie gedacht hatte. Vielleicht würde sie ja dann meine Unzufriedenheit verstehen, die Frustration und die Sehnsucht, ihr näherzukommen.

Aber es war lange her, seit ich für Madeline Klavier gespielt hatte. Nach unserer ersten Begegnung, als die Musik uns zusammengebracht hatte, war ich davon ausgegangen, daß es immer so sein würde – daß die Musik stets ein Bereich sein würde, in dem wir uns verstanden. Wie sich herausstellte, war das naiv von mir gewesen. Als ich Madeline zum ersten Mal in Mrs. Gordons Haus besuchen durfte und anfing, Klavier zu spielen, kam sie ins Zimmer gelaufen und sagte, ich müßte sofort aufhören, damit die alte Dame nicht wach würde. Es war zu allem Überfluß ein wunderschöner alter Bechstein-Flügel.

»Was ist denn los?« fragte ich. »Hat dir das nicht gefallen, was ich gespielt habe?«

»Sie schläft. Du weckst sie auf.«

Es war am frühen Abend: der Anfang vom Ende eines strahlenden Sommertages. Ich war direkt vom Plattenladen zu ihr gefahren, und der Gestank der Stadt begann gerade zu verfliegen. Ich konnte mein Glück nicht fassen, den Abend in einem so feinen Stadtteil verbringen zu dürfen, mit einer so hübschen Frau, in einem so schönen Haus. An den Wänden hingen große Ölgemälde – Familienporträts, wie Madeline mir erklärte –, und es gab schwere, rote Samtvorhänge und Regency-Möbel und prachtvolle Marmorkamine mit goldgerahmten Spiegeln darüber. So etwas hatte ich nicht mehr gesehen, seit meine Eltern mich als Kind zu Besichtigungen von Herrenhäusern mitgenommen hatten.

»Ich hab Tee gekocht«, sagte sie. »Sollen wir ihn oben trinken?«

Sie hatte ein geräumiges, sonniges Zimmer im zweiten Stock, außerdem ein Bad und eine kleine Küche für sich allein. Sie servierte Earl-Grey-Tee in Tassen aus Knochenporzellan und bot mir weder Milch noch Zucker an. Es gab einen Fernseher, ein Telefon, eine Stereoanlage, ein großes Einzelbett, einen Schreibtisch, eine Frisierkommode und zwei bequeme Sessel mit hoher Rückenlehne. Die Wände waren mit Landschaftsbildern des 19. Jahrhunderts geschmückt. Es war ein warmes und freundliches Zimmer, aber es sagte nichts über Madeline selbst aus, nur daß sie ihm offenbar nicht ihre eigene Persönlichkeit aufdrängen wollte. Eine etwas unerwartete Besonderheit war, daß auf der Frisierkommode ein kleines Kruzifix stand.

»Ist sie religiös?« fragte ich (und meinte Mrs. Gordon).

»Nein, nicht besonders.« Sie sah, was mich zu der Frage veranlaßt hatte. »Das ist meins.«

»Ich wußte nicht, daß du katholisch bist.«

»Woher auch? Du kennst mich ja kaum.«

Ich trank von meinem Tee, ernüchtert, und sagte: »Ich hatte mal eine kurze religiöse Phase. Da bin ich jede Woche zur Kommunion gegangen. Abgesehen von allem anderen ist die Kirche noch immer der einzige Ort, wo man Sonntag morgens als erstes was zu trinken kriegt.«

Sie lachte nicht, lächelte nicht einmal, und ich hatte das Gefühl, ins Fettnäpfchen getreten zu sein.

»Wozu hättest du heute abend Lust?« fragte sie. »Sollen wir irgendwohin ausgehen?«

»Klar«, sagte ich. »Wohin du willst.«

Wir gingen zu Fuß zu einem kleinen ungarischen Restaurant auf der Kings Road. Auf dem Weg dorthin versuchte ich, meinen Arm um ihre Taille zu legen, aber ich hatte nicht das Gefühl, als würde sie darauf eingehen, also nahm ich den Arm bei erster Gelegenheit wieder weg. Nicht, daß sie mich darum gebeten hätte oder so. Ich hatte es bloß so im Gefühl.

»Was hast du eigentlich für Pläne?« fragte sie mich, nachdem wir unser Essen bestellt hatten.

»Bitte?« Die Frage kam mir seltsam vor.

»Was hast du vor? Mit deiner Musik zum Beispiel. Was bezweckst du damit?«

»Ich weiß nicht, darüber habe ich noch nicht richtig nachgedacht. Deshalb mache ich das nicht.«

»Warum machst du es denn dann?«

»Na ja ... ich bin gerade mal dreiundzwanzig. Ich muß mir erst noch einen Namen machen, so oft wie möglich spielen ... Kein Mensch kann wissen, was dann passiert. Tony, ein Freund von mir, der früher mein Lehrer war, der glaubt, daß ich das Zeug habe, um ...« Ich wußte nicht, warum ich ihr das erzählte, also beschloß ich, es zu lassen. »Und was ist mit dir? Wie lange willst du dich noch um Mrs. Gordon kümmern?«

»Was soll ich sonst machen?«

»Ich weiß nicht.«

Madeline hielt inne, und dann sagte sie wieder etwas Merkwürdiges.

»Meine Eltern glauben, ich bin Steuerberaterin.«

»Was?«

»Nach der Uni hab ich eine Ausbildung als Steuerberaterin angefangen. Dabei habe ich Piers kennengelernt – weißt du noch? Der Freund, mit dem ich neulich abend eigentlich verabredet war. Aber ich fand es langweilig, also hab ich damit aufgehört. Aber ich hab es meinen Eltern noch nicht erzählt.«

»Wann war das denn?«

Sie runzelte die Stirn. »Vor etwa einem Jahr.«

»Wo sind deine Eltern?«

»In Amerika. Mein Vater arbeitet in einer Bank. Sie haben ihm da einen Posten als Manager angeboten.«

»Vermißt du sie nicht?«

»Nein.«

»Hast du noch Geschwister?«

»Einen Bruder. Der lebt irgendwo in Japan.«

»Vermißt du ihn?«

»Nein.« Sie lächelte, gleichgültig. »Wir standen uns alle nicht sehr nahe. Ständig sind wir umgezogen. Meine Eltern waren eine Zeitlang in Italien und ließen uns solange bei Verwandten. Sie haben eine Zeitlang getrennt gelebt, und ich wohnte in Irland bei meiner Mutter. Ich glaube, mein Vater und ich sind nie länger als ein paar Monate zusammengewesen.«

»Und wann hat er sich immer ›My Funny Valentine‹ angehört?«

Die Frage schien gar nicht bei ihr anzukommen.

»In der ganzen Zeit, die sie weg sind, haben sie mich erst zweimal angerufen. Aber ab und zu schreibe ich ihnen. Dabei ist Piers ganz nützlich.«

»Inwiefern?« fragte ich. Aus irgendeinem Grund konnte ich diesen Piers schon jetzt nicht ausstehen. (Na ja, das »aus irgendeinem Grund« könnt ihr vergessen. Der Grund lag auf der Hand.)

»Er arbeitet noch in dem Steuerberaterbüro, und er kann mir Briefpapier mit dem Briefkopf seiner Firma besorgen. Ich schreibe also meinen Eltern auf diesem Briefpapier, und sie denken nach wie vor, daß ich als Steuerberaterin arbeite.«

»Das ist ja fürchterlich«, sagte ich. »Wieso mußt du sie belügen?«

»Sie wären fuchsteufelswild. Sie haben mich nicht studieren lassen, damit ich als besseres Kindermädchen ende.«

»Meine Eltern haben nie versucht, mich an irgendwas zu hindern«, sagte ich. »Sie vertrauen mir.« Ich hoffe, daß sich das damals für Madeline nicht so schwülstig anhörte wie heute für mich. Aber ich spürte, wie sich meine Laune verschlechterte, und ich stellte ihr noch eine gereizte Frage. »Du und Piers, ihr steht euch dann wohl ziemlich nahe, was?«

»Wir sind bloß alte Freunde, mehr nicht. Ich mag ihn.« Sie hielt ihr Handgelenk hoch. »Sieh mal, das hab ich von ihm.«

»Was, den blauen Fleck?«

»Nein, du Dummkopf, das Armband.«

Es war schmal und elegant und sah aus, als wäre es aus Gold und hätte ihn zirka fünftausend Pfund gekostet. Ich fand es gräßlich.

»Sehr hübsch«, sagte ich. Ich würde herausfinden müssen, wann sie Geburtstag hatte, und schon mal anfangen, Geld auf die hohe Kante zu legen.

»Keine Sorge«, sagte sie. »Wir sind kein Paar.«

Ich dachte, wenn meine Gefühle schon so offensichtlich waren, konnte ich ebensogut weiter nachhaken.

»Es hat doch bestimmt ... Männer in deinem Leben gegeben, oder?«

»Eigentlich nicht«, sagte sie und wirkte eher gelangweilt von der Frage als peinlich berührt. »Es gab da mal vor ein paar Jahren jemanden, aber das war nichts Ernstes. Wir haben uns immer samstags getroffen und sind mit seinem Hund in Hampstead Heath spazierengegangen.«

»Wie hieß er?«

»Rover, glaub ich. Das Essen läßt aber lange auf sich warten, nicht?«

Das Problem habe ich in Restaurants immer. Ich weiß, daß es darum geht, die Aufmerksamkeit des Kellners auf sich zu lenken oder irgendeine diskrete Geste zu machen. Manche Leute (Chester zum Beispiel) brauchen nur eine kleine, träge Bewegung mit dem rechten Zeigefinger zu machen, und schon stürzt eine ganze Armee von Kellnern auf sie zu und scharwenzelt um sie herum. Ich dagegen kann aufstehen und mich ihnen in den Weg stellen, mit den Armen wedeln wie jemand, der ein Taxi anhalten will, das im Affentempo angerast kommt, und sie schaffen es dennoch, glatt durch mich hindurch zu sehen. Es würde mich ja nicht weiter stören, wenn diese Unfähigkeit nicht auf jeden abfärben würde, mit dem ich essen gehe. Wir saßen also da, die einzigen Gäste in diesem verfluchten Restaurant, und zirka fünfzehn Kellner standen an der Kasse herum und verhielten sich so, als hätte das Restaurant noch gar nicht geöffnet.

»Ich glaube, ich habe ihn nur gemocht«, sagte Madeline plötzlich, »weil er katholisch war.«

»Ist das wichtig für dich?«

»Es spielt schon eine gewisse Rolle.«

»Ich bin nicht katholisch.«

»Ich weiß. Das macht mir nichts aus.«

Ich blickte ihr so lange direkt ins Gesicht, wie meine guten Manieren es gerade noch erlaubten. Sie war ohne Zweifel die schönste Frau, mit der ich je ausgegangen war. Oh, Stacey war hübsch, keine Frage. Aber Madeline war eine völlig andere Klasse. Ich sah, wie sie gekleidet war, wie sie ihr Haar zurechtgemacht und sich geschminkt hatte, und auf einmal kam mir der Gedanke, daß sie sich vermutlich stundenlang auf diesen Abend vorbereitet hatte, und ich schämte mich plötzlich für meine schäbige Arbeitskleidung und dafür, daß ich einfach davon ausgegangen war, ich könnte mir nichts dir nichts bei ihr zu Hause aufkreuzen, ohne mich schick gemacht zu haben, und daß trotzdem alles wie am Schnürchen laufen würde. Mich überkam ein Gefühlswirrwarr, eine Mischung aus Verlangen und aufkeimender Zuneigung und dem Wunsch, mich zu entschuldigen, und ich konnte mich nur mühsam beherrschen, mich nicht über den Tisch zu beugen und sie lange und zärtlich auf den Mund zu küssen.

Als es Zeit war, ihr einen Gutenachtkuß zu geben, in dem beleuchteten Eingang dieser sagenhaften Villa, war ich entschlossen, es richtig zu machen. Ich weiß nicht, welche Erwartungen ich eigentlich an diesen Abend gehabt hatte. Irgendwo im Hinterkopf hatte ich wahrscheinlich geglaubt, daß ich am Ende mit ihr im Bett landen würde, aber ich war nicht frustriert oder enttäuscht, als ich einsah, daß das nicht passieren würde, heute abend nicht und auch nicht in absehbarer Zukunft. Fürs erste war ich glücklich und zufrieden damit, ihr Gesicht in beide Hände zu nehmen, zu fühlen, wie sich ihr Kopf erwartungsvoll zu mir neigte, meinen geöffneten Mund auf ihren zu legen, einen Hauch von Hingabe zu spüren und dann »Gute Nacht, Madeline« zu flüstern und ihre gemurmelte Antwort zu hören. Als ich zurück zur U-Bahn-Station ging, war mir, als gäbe es keine vollkommenere Befriedigung.

Vielleicht wäre ich nicht ganz so glücklich gewesen, wenn ich schon damals gewußt hätte, daß Madeline und ich uns körperlich niemals näher kommen sollten als bei dieser ersten Verabredung; daß wir über diesen Kuß nie hinauskommen, ihn meistens nicht einmal annähernd wiederholen würden. Bis auf ein einziges Mal. Bis auf den einen Abend, als wir irgendwo in der Nähe vom Aldwych essen gewesen waren, im Waldorf oder irgendeinem anderen Restaurant, das ich mir wirklich nicht leisten konnte. Als wir danach zur Themse gingen, schob sie ihre Hand in meine, und einen Augenblick standen wir noch da und blickten aufs Wasser, und im nächsten hatte sie schon ihre Arme um mich geschlungen, und dann küßten wir uns plötzlich mit einer Leidenschaft, die mich verwirrte und erstaunte, ihre Zunge drängte sich gegen meine, ihre Zähne bissen in meine Lippen, bis ich schließlich derjenige war, der sich zurückzog und wegblickte. Sie erklärte mir nicht, was da in sie gefahren war, und nachdem ich sie zum Zug gebracht hatte, torkelte ich wie ein Betrunkener über die Waterloo Bridge nach Hause. Mir war schwindelig vor Verwirrung und Freude, mein Kopf und mein Körper pulsierten vor Erregung.

»Willst du wirklich nichts mehr zu trinken?« fragte jemand.

Chester stand vor mir, während ich am Klavier saß.

Ich klappte den Deckel runter.

»Warum nicht?« sagte ich und folgte ihm zur Theke.

Harry hatte sich wieder zu den anderen an den Tisch gesetzt. Als Chester gerade mein Bier bezahlte, kam ein großer, eckiger junger Mann hereingestürmt und packte ihn an der Schulter. Er hatte ein blasses Gesicht mit ruhelosen Augen und schwarzes Haar, pomadig nach hinten gekämmt und in der Mitte gescheitelt, und er schien sehr aufgewühlt. Chester wirkte überrascht und vielleicht sogar ein wenig verärgert, ihn zu sehen.

»Paisley? Was zum Teufel machst du denn hier?«

»Ich muß mit dir reden, Chess. Dringend.« Er sah Chester nicht an, während er sprach, sondern blickte sich unruhig um, als fühlte er sich verfolgt oder so.

»Jetzt nicht, Paisley, verdammt noch mal. Siehst du nicht, daß ich zu tun habe?«

»Es dauert nicht lange. Fünf Minuten.«

»Ich hab dir doch gesagt, du sollst nicht herkommen, oder?«

»Fünf Minuten, Chester.« Er legte ihm eine Hand auf die Schulter und klammerte sich daran fest, bis Chester ihn wegstieß.

»Hau ab, ja? Wir unterhalten uns später.«

»Hör mal, du verstehst das nicht. Ich will nicht nur kurz mit dir reden. Ich *muß* mit dir reden. Dringend, Chester, ganz dringend.«

Er sah ihm jetzt in die Augen, aber sein Blick war fahrig, flackerte unkontrollierbar hin und her.

Chester hielt einen Moment lang inne, die Lippen aufein-andergepreßt, und sagte dann: »Mann, Paisley, du bist ein Idiot. Ein echtes Superarschloch. Los, komm, aber beeil dich. Entschuldige uns kurz, Bill.«

Sie verschwanden in Richtung Ausgang, oder vielleicht war es auch das Herrenklo, ich weiß nicht mehr genau. Ich blieb allein an der Theke stehen. Nur ich und Karla, die ge-rade Gläser abtrocknete.

»Wer war denn das?« fragte ich sie.

»Ich weiß nicht. Ich hab ihn schon ein- oder zweimal hier gesehen. Ich hab dir ja gesagt, Chester kennt ziemlich merk-würdige Typen.« Sie lächelte. »Du kennst ihn wohl nicht be-sonders gut, was?«

»Ich kenne ihn überhaupt nicht.«

»Wenn man hier an der Theke arbeitet, kriegt man aller-hand mit über seine Gäste. So häppchenweise. Die Stamm-gäste kenne ich mittlerweile alle. Manchmal stehe ich, auch wenn ich nicht arbeite, am Fenster und sehe zu, wie sie kom-men und gehen.«

»Was denn für ein Fenster?«

»Ich wohne direkt gegenüber, über der Videothek. Ich kann alles sehen, was hier vor sich geht.«

»Was gibt's denn da zu sehen?«

»Man kann nie wissen, oder?« Sie lächelte wieder, und es war fast so, als spräche sie mit sich selbst. »Man kann nie wissen, was man zu sehen kriegt.«

Ich konnte mir darauf keinen Reim machen, also nahm ich die Bemerkung als Vorwand, um das Thema zu wech-seln.

»Ich würde dich gern mal singen hören. Im Ernst. Viel-leicht könnten wir hier mal vormittags rein, bevor der Laden aufmacht, und das Klavier benutzen.«

Sie schüttelte lachend den Kopf. »Das ist die schlechteste Anmache, die ich je in meinem Leben gehört habe.«

Ich war empört.

»Das war keine Anmache. Hör mal, ich habe eine Freundin. Ich will dich nicht anmachen.«

Sie nahm mich zwar ernster, nachdem ich ihr das gesagt hatte, aber trotzdem meinte sie: »Ich hab gesagt, ich hab früher mal gesungen, mehr nicht. Und ich glaube nicht, daß dir meine Stimme besonders gefallen würde.«

Chester kam zurück und wirkte atemlos und reumütig.

»Tut mir leid, Bill. Was ist der Typ bloß für ein Wichser. Hast du dein Bier gekriegt?«

»Ja, danke.« Ich deutete zu den anderen am Tisch, die aussahen, als wären sie in verschiedene Stadien klinischer Depression versunken. »Meinst du, es bringt noch was weiterzumachen?«

Er sah auf seine Uhr. »Nein, wir vertun unsere Zeit. Warten wir ab, wie die Aufnahme am Dienstag läuft, ja? Vielleicht bessert sich die Stimmung ja, wenn ihr erst ein vernünftiges Demo in der Tasche habt.«

»Ich mach mich dann besser auf den Weg. Die Scheißbusse fahren heute, wie sie wollen, ich brauche wahrscheinlich Stunden.«

»Du wohnst doch in Richtung Rotherhithe, oder? Ich kann dich mitnehmen.«

»Echt?«

»Ja, ich muß jemanden da besuchen, so gegen vier. Kein Problem.«

So kam es, daß ich zum ersten Mal in Chesters kleinem, orangefarbenem Marina saß, während wir durch die City und über die London Bridge fuhren. Und bei dieser Gelegenheit kam er, ebenfalls zum ersten Mal, auf Paisley und dessen Band zu sprechen, The Unfortunates – auch eine Band, die Chester managte.

»Ich mache mir in letzter Zeit so meine Gedanken über die Jungs. Hör mir ihre Bänder an und so. Ich finde, sie brauchen einen Keyboardspieler.«

»Ach ja?«

94

»Ja, verstehst du, einen richtigen Musiker. Um den Sound etwas aufzupeppen. Die Jungs haben was drauf, die könnten es zu was bringen, aber musikalisch ... na ja, da brauchen sie ein bißchen Unterstützung.«

Ich sagte so lange nichts, daß er Zeit hatte, besonders quälend den Gang zu wechseln.

»Soll das so was wie ein ... Angebot werden?« fragte ich.

»Ja, das könnte man so sagen. Sehr schön formuliert, William. Ein Angebot. Genau.«

»Tja, ich ...«

»Du willst vermutlich noch drüber nachdenken.«

»Ja. Ja, würde ich gern.«

»Okay.«

Er hielt an einer Kreuzung etwa eine halbe Meile von meiner Wohnung entfernt. Er schien Sorge zu haben, zu seiner Verabredung zu spät zu kommen.

»Ich laß dich hier raus, wenn's recht ist. Der Typ, mit dem ich verabredet bin, wird ein bißchen wild, wenn man ihn warten läßt.«

»Ein bißchen wild?«

»Na ja, du weißt schon. Ein kleines bißchen unangenehm.« Und bevor ich mich fragen konnte, was er wohl damit gemeint haben mochte, rückte er seine Mütze gerade und fuhr los. Das letzte, was er zu mir sagte, als er das Fenster hochkurbelte, war: »Denk drüber nach.«

Intermezzo

Ich dachte also darüber nach. Das heißt, ich dachte lange über Chester nach und über Paisley und die seltsame Begegnung im Pub, die ich am Nachmittag am Rande mitbekommen hatte. Ich dachte im Laufe der nächsten Woche darüber nach, und ich dachte an jenem furchtbaren Samstag abend darüber nach, als ich wie ein Verrückter durch die Nebenstraßen von Islington lief, als mich jeder Schritt weiter und weiter von Paisleys zertrümmertem und leblosem Leichnam wegtrug.

Ich mußte etwa zehn Minuten gelaufen sein, ohne stehenzubleiben. Das hört sich vielleicht nicht nach sehr viel an, aber für jemanden wie mich, der seit Jahren – genaugenommen seit der Schulzeit – keinen richtigen Sport mehr gemacht hat, war es eine ganz schöne Leistung, das könnt ihr mir glauben. Anfänglich versuchte ich noch, einigermaßen die Orientierung zu bewahren, doch schon bald war ich in einer mir völlig unbekannten Gegend. Wenn ich jetzt in den Stadtplan schaue, glaube ich, daß ich zuerst nach Westen gelaufen sein muß, in Richtung Camden, aber nachdem ich mich eine Zeitlang links gehalten hatte, muß es mich in Richtung King's Cross verschlagen haben. Die erste Stelle, wo ich meiner Erinnerung nach stehenblieb, war eine überdachte Bushaltestelle, und das erste, was ich meiner Erinnerung nach da tat, war, mich zum Nachdenken zu zwingen, mich zu zwingen, mir meine Situation vor Augen zu halten und mir vorzustellen, wie sie auf einen Außenstehenden wirken würde.

Ich war am Tatort gesehen worden. Ich war von zwei Polizisten gesehen worden, als ich aus dem Haus kam, in dem Paisley ermordet worden war. Und anstatt meine Situation zu erklären, hatte ich kehrtgemacht und war weggelaufen, was mich augenblicklich verdächtig machte. Tja, vielleicht konnte ich, wenn sie mich schnappten – wovon ich überzeugt war –, eine plausible Erklärung abgeben, indem ich sagte, ich sei im Schockzustand und in Panik gewesen und hätte keine Sekunde darüber nachgedacht, was ich tat und was für einen Eindruck ich erwecken würde. Ein paar Umstände sprachen auch für mich: zum Beispiel gab es keine Mordwaffe, auf der meine Fingerabdrücke waren.

Was den Mord selbst betraf, so war ich gerade noch klar genug bei Verstand, um mir zwei mögliche Erklärungen vorzustellen. Entweder hatte jemand Paisley aus irgendeinem Grund loswerden wollen, oder, was wahrscheinlicher war, Paisley war fälschlicherweise für jemand anders gehalten worden – für den mysteriösen »Vermieter« des Hauses, in dem sie alle wohnten. Doch wer war der Mann? Der einzige, der ihn kannte, war offenbar Chester selbst, und der hatte sich, was dessen Identität anging, sehr bedeckt gehalten. Vielleicht mit Absicht? Karla hatte mir gesagt, Chester habe einige merkwürdige Freunde. Sie hatte mich ebenfalls darauf hingewiesen, daß ich ihn wohl nicht besonders gut kannte. War ich gegenüber unserem freundlichen, einfallsreichen, rätselhaften Manager ein bißchen zu vertrauensselig gewesen? Welche Macht hatte er über Paisley, daß es zu einer solchen Szene kommen konnte, wie ich sie am Sonntag nachmittag im Pub miterlebt hatte? Vielleicht war Chester selbst der Besitzer des Hauses, in dem die anderen wohnten – vielleicht war er es, nach dem die Anrufer ständig fragten, unter immer anderen Namen. Vielleicht war ich aber auch auf der völlig falschen Fährte: Hatte man es doch gezielt auf Paisley abgesehen, und falls ja, konnte es sein, daß Chester selbst dahintersteckte?

Während ich im Wartehäuschen der Haltestelle saß, kam ein Bus, und ich beschloß einzusteigen. Die Polizei konnte keinesfalls schon eine Beschreibung von mir herausgegeben haben, also war es unwahrscheinlich, daß mich einer von den Fahrgästen erkannte. Trotzdem kaufte ich einen Fahrschein, statt meine Monatskarte mit dem Paßfoto zu zeigen. Ich stieg ein, ohne vorher auf den Bus gesehen zu haben, wohin er fuhr. Hauptsache, er brachte mich so schnell wie möglich von hier weg. Ich setzte mich im unteren Deck in die Nähe des Hinterausgangs und betete, daß der Bus endlich losfuhr.

Und natürlich kam es, wie es kommen mußte: Der Fluch einer jeden Busfahrt näherte sich schnaufend der Haltestelle – der Fahrgast, der in letzter Sekunde einsteigt und nicht den blassesten Schimmer hat, wohin er eigentlich will. Normalerweise ist es irgendein ausländischer Tourist, der kaum Englisch spricht und beschlossen hat, den Busfahrer als Kombination aus Polizist, Straßenkarte, Busfahrplan und Geldwechselautomat zu benutzen. Der Bus bewegt sich also etwa eine Million Jahre nicht von der Stelle, während der Tourist irgendeine Straße in Greenwich oder Richmond nennt, zu der er will, und der Busfahrer muß im Stadtplan nachsehen und dem Mann sagen, an welcher Haltestelle er in welchen Bus umsteigen soll, und der Typ sucht nach seinem Fahrgeld und hat nur einen Zwanzig-Pfund-Schein oder fünfundneunzig Pence in japanischen Yen, und der Fahrer muß das Wechselgeld aus seiner Gesäßtasche fischen, und wenn der Bus endlich losfährt, hätte man in der Zwischenzeit mit einem Intercity-Schlafwagen nach Glasgow und zurück fahren können.

Als wir schließlich fuhren, entspannte ich mich etwas. In einem Bus zu sitzen hatte etwas wohltuend Vertrautes und

Normales, so daß mir die entsetzliche Tat, die ich keine zwanzig Minuten zuvor mit angesehen hatte, fast absurd vorkam. Die Welt, in der ich mich befand – die Welt von halbleeren Londoner Bussen an einem Samstagabend mit jungen, gutgekleideten Menschen auf dem Weg zu Partys und Clubs und Kinos –, schien einen so unwirklichen Anblick wie den zweier kreischender Zwerge, die einen Mann totprügeln, einfach nicht zuzulassen. Es war albern. Es war verrückt.

Albern und verrückt ... und dennoch war es auch vertraut. Zwerge und Tod. Wieso erinnerte mich das an irgendwas ... Wo war ich kürzlich auf diese Worte gestoßen? Und dann fiel es mir ein. Ich dachte zurück an ein Gespräch, das wir an dem Morgen hatten, als wir unser Demotape aufnahmen.

War es bloß Zufall, oder war ich tatsächlich auf eine Spur gestoßen?

Solo

Did I really walk all this way
just to hear you say:
Oh I don't want to go out tonight

Morrissey,
»I Don't Owe You Anything«

Es war ein schönes Gefühl gewesen, am Dienstag morgen aufzuwachen und zu wissen, daß ich nicht zur Arbeit mußte. Wir waren zwar für zehn Uhr im Studio verabredet, aber das bedeutete immer noch, daß ich eine Stunde länger im Bett bleiben konnte. Aus Tinas Zimmer war kein Laut zu hören. Auch das war eine Wohltat. In den letzten paar Nächten waren seltsame Geräusche durch ihre Tür gedrungen: gedämpfte Schreie und Stöhnen, Laute, die auf körperliche Anstrengungen hindeuteten, die ich mir lieber nicht vorstellen wollte. Außerdem ging ständig die Klospülung. Aber ich hatte wach gelegen, als sie in der Nacht zuvor von der Arbeit kam, und es hatte sich so angehört, als sei sie allein.

In der Küche lagen keine Nachrichten für mich. Ich nahm meinen Toast mit ins Wohnzimmer, sah mir bei leise gedrehtem Ton »Breakfast Time« im Fernsehen an und beschloß dann, die neuesten Nachrichten auf dem Anrufbeantworter abzuhören. Ich war vorige Nacht selbst erst recht spät zu Hause gewesen und noch nicht dazu gekommen.

Vier Nachrichten waren auf dem Band. Eine war von Madeline. Sie sagte, sie könne mich heute abend doch nicht treffen und ob ich statt dessen Donnerstag Zeit hätte? Ich war enttäuscht und ein wenig verwundert. Sie erzählte mir ständig, daß sie abgesehen von den Abenden mit mir keine sozialen Kontakte hatte. Vielleicht war sie krank oder so.

Die anderen drei Nachrichten waren alle von Pedro. Er hatte sie zu verschiedenen Zeitpunkten im Laufe des Abends hinterlassen, und zusammen ergaben sie so etwas wie eine kleine Geschichte. Die erste Nachricht war relativ zusammenhängend, und ausschließlich seine Stimme war zu hören. Er mußte aus seiner Wohnung angerufen haben.

»Hallo, Tina, mein kleines Hühnerbrüstchen, mein kleines Pelzchen. Hör mal, ich komm heute abend etwas später als sonst, weil ich freigenommen hab und mit ein paar Freunden einen draufmachen will. Aber ich komm auf jeden Fall zu dir, weil ich es keine einzige Nacht meines Lebens ohne dich aushalten könnte. Rechne damit, meinen Schlüssel vor Tagesanbruch in deinem Schloß zu spüren, meine Liebe. Adios.«

Bei der nächsten Nachricht rief er von einem öffentlichen Telefon aus an: Er klang etwas lauter, und im Hintergrund waren Stimmen und Musik zu hören. Er sprach schon etwas nuscheliger.

»Hi, Tina-Baby, wir amüsieren uns prächtig, und ich rufe nur an, um zu sagen ... Hoffe, ich schaff es heute nacht ... Ich will nach wie vor kommen ... Vielleicht bin ich ziemlich spät da, aber ich hoffe, du trägst dann noch was Hübsches, wie das Teil, das ich dir gekauft hab. Es hat mich einen ganz schönen Batzen gekostet, und so was kriegst du nicht in jedem Laden, und ich bin sicher, wenn du es noch mal probierst, paßt du bestimmt ...«

Es piepste, und die Nachricht war zu Ende.

Die letzte war anscheinend ein paar Stunden später auf Band gesprochen worden. Diesmal waren männliche und weibliche Stimmen im Hintergrund zu hören, und die Musik, obwohl lauter, war jetzt langsam und sinnlich.

»Hi, Tina, hier ist eine super Stimmung, wir sind alle zu bis zur Halskrause, und es wäre toll, wenn du auch kommen könntest, weil hier ein paar tolle Leute sind, alles echt gute Freunde von mir. Wir könnten hier tolle Sachen machen, wenn wir eine Frau wie dich hier hätten, also komm bitte vorbei und bring ein paar Sachen mit, weil ich ...«

Auch diesmal brach die Nachricht unvermittelt ab, und das Band stoppte mit einem Klicken. Er hatte keine Adresse genannt, wo Tina hinkommen sollte. Die Tür zu ihrem Zimmer blieb unheilvoll geschlossen.

Vincent war ausgesprochen aufgeräumt, als wir morgens im Studio ankamen, denn seine Lieblingskunden benutzten einen der Probenräume: nicht wir natürlich, sondern eine reine Frauenband namens The Vicious Circles. Er war einer dieser typischen Vertreter der Musikbranche, die sich darauf spezialisiert haben, Musikerinnen das Leben zur Hölle zu machen. Als ich eintraf, stand eine Musikerin von The Vicious Circles an seinem Schreibtisch und beschwerte sich, daß sie ihren Verstärker nicht zum Laufen kriegte.

»Könntest du wohl mal kommen und ihn dir ansehen?« sagte sie gerade.

»Ansehen? Für dich, Schätzchen, mach ich noch viel mehr. Ich bring meinen Stöpsel mit und steck ihn rein, wenn du magst.« Er trug ein T-Shirt, auf dem ein Notenständer abgebildet war; darunter stand: »Am besten spielt man(n) mit Ständer!«

»Hör mal, du sollst nur mal kurz mit anpacken.«

»Oh, ich würd dich liebend gern mal anpacken, Schätzchen. Anpacken ist immer ein schöner Anfang. Ha, ha, ha!«

»Vergiß es, ich mach es selbst«, sagte sie und drehte sich um.

»Kann ich sonst was für dich tun, Schätzchen? Soll ich mir nicht auch mal deinen Eingangskanal ansehen? Ha, ha, ha!«

Sie wollte gerade nach unten gehen, als plötzlich zwei kleine Kinder mit identischen Anoraks durch die Vordertür hereinschneiten. Vincents Heiterkeit verpuffte augenblicklich, und er starrte die Kleinen entsetzt und wütend an. Einige Sekunden war er sprachlos, dann explodierte er.

»Kinder! Was zum Teufel haben die zwei verdammten Bälger hier zu suchen? Schaff diese Hosenscheißer hier raus. Los, verpißt euch!«

Die Frau lief zu ihren Kindern und nahm sie vorwurfsvoll in die Arme. »Ich hab doch gesagt, ihr sollt im Auto bleiben.«

»Uns ist langweilig«, sagte der Älteste.

»Sind das deine?« fragte Vincent.

»Ja.«

»Wir sind doch hier kein Kindergarten, verdammt noch mal. Wer hat gesagt, du kannst deine Kinder mitbringen?«

»Was soll ich denn sonst mit ihnen machen, während wir proben? Ich kann mir keinen Babysitter leisten.«

»Schaff die Bälger hier raus und sperr sie in deinen verdammten Wagen, aber bring sie bloß nicht wieder hier rein.«

»Kommt«, sagte sie und nahm sie beide an die Hand. »Wir gehen zurück zum Auto. Ich seh zwischendurch mal nach euch und bring euch später was Süßes, ja?«

Vincent wandte sich an mich, nachdem sie gegangen waren, offenbar in der Erwartung, daß ich seiner Meinung war. »Frauen mit Kindern sollten zu Hause bleiben und sich um die kleinen Scheißer kümmern«, sagte er. »Die haben doch sowieso von Tuten und Blasen keine Ahnung. Keinen blassen Schimmer.«

»Wie geht's mit Studio B voran?« fragte ich, um möglichst rasch das Thema zu wechseln.

»Ach, na ja, noch immer allerhand Arbeit. Du erfährst es als erster, wenn es fertig ist.«

»Wie lange ist es jetzt schon außer Betrieb? Ein paar Monate, oder?«

»Nein, nein, ein paar Wochen, länger nicht.«

»Komisch, jedesmal, wenn ich mit den anderen Bands spreche, die hier proben, war auch keine von denen jemals in Studio B. Das scheint schon ewig geschlossen zu sein.«

Er schob sein Gesicht unangenehm dicht an meins heran und sah mir direkt in die Augen.

»Ich will dir mal einen guten Rat geben, Billy Boy«, sagte er. »Frag nicht soviel. Alles klar?«

Ich nickte.

»Dann komm jetzt, los, wir haben zu arbeiten.«

Jake und Harry warteten schon im Studio auf uns. Martin wußte vermutlich, daß wir ihn erst später brauchen würden. Sobald Vincent im Studio war, wurde er ruhig und machte sich zügig daran, die Mikros um das Schlagzeug herum aufzustellen. Jake wirkte nervös: Er wußte, daß sein Part als erstes aufgenommen wurde und daß er ihn gleich zu Anfang der Session hinkriegen mußte. Es war allerdings kein sonderlich komplizierter Drum-Part, und abgesehen von der Klickspur, die ihm half, im Takt zu bleiben, würde ich ihm einen einfachen Keyboardpart vorgeben, so daß er wußte, wo er im Song war.

Als er anfing zu spielen, wußte ich jedoch gleich, daß er den Song nicht gründlich gelernt hatte. Er hatte im Grunde keine Ahnung, an welchen Stellen die Übergänge kommen sollten, und seine Fills kamen viel zu zögerlich. Und obwohl ich dringend um das Gegenteil gebeten hatte, war das, was er spielte, ein nicht allzu entfernter Vetter seines üblichen Drum-Patterns, des einzigen, das er wirklich beherrschte.

Nach sechs oder sieben Takes war er nicht besser geworden, bloß etwas gewandter und entspannter, daher dachte ich, wir sollten versuchen, unsere Verluste zu minimieren. Während Jake sich durch das Fade-out schwitzte, gab ich Vincent auf der anderen Seite der Scheibe das Okay-Zeichen, und Harry wurde hereingeschickt, um den Baßpart zu spielen.

Gleich beim zweiten Anlauf bekamen wir ein ausgezeichnetes Take von Harry, und in der Zwischenzeit war Martin gekommen. Es folgte eine längere Unterbrechung, weil Martin neue Saiten aufzog und seine Gitarre stimmte. Vincent hielt ihm einen kurzen Vortrag über den Unsinn, direkt vor einer Aufnahmesession neue Saiten aufzuziehen, und ausnahmsweise war ich diesem schlechtgelaunten Mistkerl ein wenig dankbar. Martin zog ein finsteres Gesicht und konnte sich nicht entscheiden, ob er ein dickes oder ein dünnes Plektron nehmen sollte. Als er anfing zu spielen, hörte es sich zunächst so an, als hätten seine Akkorde nicht das geringste mit dem Baß zu tun: wie sich herausstellte, spielte er sie drei Bunde zu hoch. Einen Moll-Septimakkord spielte er ständig in Dur, bis er mich fast in den Wahnsinn trieb. Er versuchte unglaublich ambitionierte Arpeggios, obwohl der Song simple kraftvolle Akkorde verlangte. Als wir endlich ein halbwegs anständiges Take zustandegebracht hatten, ging es auf ein Uhr zu.

»Wir müssen das heute nachmittag fertig machen«, sagte Vincent schadenfroh. »Das kostet euch natürlich das Doppelte.«

»Darüber mußt du mit Chester reden«, sagte ich. Chester bezahlte all unsere Proben- und Aufnahmerechnungen.

Wir gingen ins Pub auf der gegenüberliegenden Straßenseite, ein quadratisches, alleinstehendes Betongebäude, das dazu angetan war, selbst die launigsten Gemüter zu deprimieren. Martin gab eine Runde aus, und wir saßen in trübsinnigem Schweigen da, wohl wissend, daß der Vormittag genauso schlecht gelaufen war, wie wir alle es erwartet hatten.

»Eingängige Melodie«, sagte Jake schließlich, nachdem er ein paar Takte von »Stranger in a Foreign Land« gesummt hatte.

»Ja«, sagte Harry. »Die hat was.«

Ich ärgerte mich über diese lahmen Versuche, mich aufzumuntern.

»Vielleicht hätten wir was Leichteres aufnehmen sollen«, sagte ich.

»Nein, das spielt sich gut«, sagte Harry. »Es ist direkt, es ist melodisch.«

»Aber auch nicht gerade hitverdächtig, was?« sagte Martin und nippte mit finsterer Miene an seinem Bier. »Nicht das, was man kommerziell nennen würde.«

»Diese Argumentation ist total out«, erwiderte Jake. »Diese Unterscheidung existiert einfach nicht mehr. Heutzutage kann alles in die Charts kommen, egal was – Hauptsache, es wird richtig vermarktet. Deshalb kommt soviel Mist in die Charts.« Er nahm einen großen Schluck Guinness und schloß die Augen. »Gott, ich wünschte, es wäre 1976.«

»Wieso, was war denn 1976?« fragte Martin.

Jake musterte ihn prüfend, ob er das ernst meinte.

»Du hast doch schon mal was von Punk gehört, oder?«

»Punk? Das ist nie und nimmer zwölf Jahre her, oder?«

»Und ob«, sagte Harry. »Fast genau zwölf Jahre. ›Anarchy in the UK‹ kam am 26. November 1976 raus. Was für eine Band, oder? Was für eine Band.«

»The Damned, ›New Rose‹. Ist auch damals rausgekommen.«

»Nein, das war früher, knapp einen Monat früher.«

»Wenn ihr beide wieder in Erinnerungen schwelgen wollt«, sagte ich, »mache ich solange einen Spaziergang.«

Sie ignorierten mich. Wenn sie so richtig in Fahrt kamen, waren Jake und Harry (die Ende der siebziger Jahre beide Teenager gewesen waren) nicht mehr zu bremsen.

»Und was ist mit The Vibrators? ›We Vibrate‹.«

»The Jam. The Buzzcocks. The Adverts. Siouxsie.«

»7. Mai 1977. The London Rainbow. Ich war da. Ein supergeniales Konzert. The Clash, The Slits, The Jam und Subway Sect.«

»X-Ray Spex, ›Oh Bondage Up Yours‹. Tolle Single.«

»›Spiral Scratch‹.«

»›Pretty Vacant‹.«

»›Right to Work‹.«

»›Get a Grip‹.«

»Erinnerst du dich noch an The Rezillos?«

»Erinnerst du dich noch an Alternative TV?«

»Stiff Little Fingers.«

»The Desperate Bicycles.«

»XTC.«

»999.«

»Slaughter and the Dogs.«

»Was ist mit The Dwarves of Death?«

Der Erinnerungsstrom versiegte schlagartig, und Jake blickte Harry überrascht an.

»Wer?«

»The Dwarves of Death – die haben diese eine Single gemacht, wie hieß die noch ... ›Black and Blue‹.«

»Das denkst du dir aus.«

»Nein, die kennst du bestimmt. Ich meine, sie waren nicht in den Charts oder so, aber sie waren eine richtige Kultband.«

»Ich glaube, du willst mich verarschen.«

»Nein, ehrlich nicht. Die haben zwei Singles gemacht – ›Black and Blue‹ und dann noch eine, wie die hieß, weiß ich nicht mehr.«

»Hör mal, ich war damals auch dabei, ja? Ich kann mich noch an den Namen von jeder verdammten Band aus der Punkära erinnern. Also hör auf, so einen Stuß zu erzählen.«

»Das ist kein Stuß. Ehrenwort. Du mußt dich doch erinnern. Sie waren zu viert – sie hatten diese wahnsinnige Sängerin mit der richtig unangenehmen Stimme, im Vergleich zu der klang Poly Styrene wie Kiri Te Kanawa –, und der Gitarrist und der Bassist waren beide Zwerge. Brüder. Daher die ›Dwarves‹ im Namen der Band.«

»Das macht erst drei«, sagte ich.

»Ja, da war noch ein Typ. Der Drummer oder so.«

»Tut mir leid, Harry, das kauf ich dir nicht ab.«

»Willst du damit sagen, daß ich lüge?«

»Ich kauf es dir bloß nicht ab, mehr nicht.«

»Hört mal, wie wär's, wenn wir Vincent fragen?« sagte ich, weil ich fand, daß wir schon genug Ärger am Hals hatten und nicht auch noch in einen so blöden Streit geraten mußten. »Er läßt sich doch dauernd darüber aus, daß er damals mittendrin in der Punkszene war. Fragt ihn, der weiß das bestimmt.«

Und so kam es, daß Vincent, sobald wir wieder im Studio waren, die Sache klärte, so einigermaßen zumindest, mit einem knappen »Nee, nie von denen gehört«. Harry schmollte daraufhin, und Jake grinste triumphierend. Kurz danach gingen er und Martin: Ihre Arbeit war erledigt, und es hätte nichts gebracht, wenn sie geblieben wären, um zuzuschauen, wie Harry und ich letzte Hand an den Song legten.

Wir hatten das Schlagzeug stereo aufgenommen, daher hatten wir jetzt, nachdem Schlagzeug und Baßgitarre auf Band waren, nur noch vier Spuren übrig, um die Aufnahme zu vervollständigen. Wir beschlossen, den Gesang auf einer Spur aufzunehmen und die anderen drei für das Keyboard freizulassen. Das Beste an dem Song war eine wiederkehrende Figur, die eigentlich ein Saxophon hätte spielen müssen, aber da wir keinen Saxophonisten kannten, mußten wir uns mit einem einigermaßen überzeugenden Sample behelfen, das Vincent für uns aufgetrieben hatte. Ich nahm das Sample und eine Klavierpassage auf und fügte ein paar Streicher hinzu, und dann machte Harry sich an den Gesangsteil:

Now and then
I wonder if I should have come here
Real men
Who's going to ask me what I've done here?

I search for buried treasure
Precious gifts from out of Araby
I know it's now or never
And when I'm done, will you carry me?

Ich schüttelte traurig den Kopf, als er diese Zeilen sang. Ich fand es schon immer schwierig, Texte zu schreiben, und während Harry sich abmühte, zu Beginn jeder Phrase das hohe B hinzukriegen, klang dieser Text holpriger als je zuvor. Dann kam der Refrain:

And then I went away
And I left behind the times
And the place where she stayed
Often lingers in my mind
Wish I knew what you planned
Feel your fingers in my hand
I just hope I can stand –
Stranger in a foreign land

Gegen fünf war die Aufnahme fertig. Wir machten eine Stunde Teepause und gingen dann noch mal zum Abmischen ins Studio. Wir hörten uns zweimal die endgültige Version an und bemühten uns, mit dem Ergebnis zufrieden zu sein.

»Bitte sehr, Jungs«, sagte Vincent, als er uns das Band in einer weißen Pappschachtel überreichte. »Euer Schlüssel zum Erfolg.«

»Zynischer Sack«, sagte Harry, als er aus dem Raum gegangen war. Er öffnete die Schachtel und sah sich das Band an. »Wir besorgen uns wohl am besten ein paar Kassetten und machen davon Kopien, was?«

»Vielleicht sollten wir erst ein paar Tage abwarten«, sagte ich, »und es uns dann noch mal anhören.«

Harry mußte den Pessimismus gespürt haben, der aus meinen Worten sprach. Er nickte verständig.

»Ich glaube dir«, fügte ich hinzu. »Wegen der Band.«

Er zuckte die Achseln.

»Ist doch im Grunde nicht wichtig, oder?«

»Hör mal, ich hab da einen alten Freund, zu Hause in Sheffield. Der kennt sich mit Musik aus wie kein anderer. Die reinste Enzyklopädie auf zwei Beinen. Ich schreib ihm mal und frag ihn – der weiß es bestimmt.«

»Ist egal. Wirklich.«

Aber ich merkte ihm an, daß es ihm nicht egal war, und ich beschloß, mich noch am selben Abend darum zu kümmern. Außerdem hatte ich schon viel zu lange nichts mehr von Derek gehört.

Die Melodie von »Stranger in a Foreign Land« ging mir noch immer durch den Kopf, als ich am Donnerstag abend vor dem Swiss Centre am Leicester Square auf Madeline wartete. Als ich die Zeilen schrieb »Wish I knew what you planned, Feel your fingers in my hand«, hatte ich sie vermutlich im Hinterkopf – wo ich sie immer hatte, wenn sie mein Denken ausnahmsweise mal nicht vollständig in Anspruch nahm. Die Akkorde, die ich verwendet hatte – alternierende kleine Septimen –, sollten einen bittersüßen Beiklang haben, doch im großen und ganzen wollte ich, daß das Stück optimistisch und zukunftsorientiert klang, also widerspiegelte, wie ich unsere Beziehung einschätzte, trotz vieler zugegebenermaßen entmutigender Anzeichen.

Und an diesem Abend häuften sich plötzlich die entmutigenden Anzeichen. Zunächst kam sie zu spät. Das war an sich schon ungewöhnlich. Bis dahin hatte sie mich noch nie länger als fünf Minuten warten lassen, doch diesmal verspätete sie sich um eine halbe Stunde, und es war schon nach neun, als ich sie im Menschengedränge entdeckte, das vom Piccadilly Circus kam.

»Tut mir leid«, sagte sie. »Meine Uhr geht wohl nach.«

»Du trägst keine Uhr«, entgegnete ich.

Madeline zog ihren Mantel enger um sich.

»Mach mich nicht schon an, bevor der Abend angefangen hat«, sagte sie. »Was machen wir überhaupt?«

»Ich dachte, wir könnten ins Kino gehen, aber dazu ist es jetzt zu spät, alle Filme haben schon angefangen.« Ich rechnete damit, daß sie sich an dieser Stelle wieder entschuldigen würde, aber sie tat es nicht. »Also, ich weiß nicht ... Meinetwegen können wir auch was essen gehen.«

»Überschlag dich nicht gleich vor lauter Begeisterung.«

»Na ja, ich bin bloß etwas knapp bei Kasse.«

Die krasse Vorhersehbarkeit meiner Gefühle für Madeline überraschte mich immer wieder. Ebbe und Flut, Ebbe und Flut. Wenn sie nicht bei mir war, eine einfache Sehnsucht; sobald wir wieder zusammen waren, Gereiztheit, Verdruß, wütende Ergebenheit. Wenn ich sie sah, fiel mir augenblicklich auf, wie schön sie war, und ich wurde gleich darauf von dem Gedanken übermannt, daß ich sie schon sechs Monate kannte und noch immer nur davon träumen konnte, je mit ihr zu schlafen. In ihrer Gegenwart war ich ständig den Tränen nahe. Und doch, gerade dann, wenn ich mir nichts sehnlicher wünschte, als meinen Emotionen freien Lauf zu lassen, mußte ich kühl und besonnen bleiben, mich umschauen und aus den Hunderten von Restaurants in der Gegend des Leicester Square dasjenige aussuchen, wo wir essen gehen würden. Französisch? Italienisch? Griechisch? Indisch? Chinesisch? Thailändisch? Vietnamesisch? Indonesisch? Malaysisch? Vegetarisch? Nepalesisch?

»Wie wär's mit McDonald's?« sagte ich.

»Okay«, sagte sie.

Wir gingen in die Filiale am Haymarket und setzten uns oben hin. Ich nahm einen Viertelpfünder mit Käse, eine mittlere Portion Pommes und eine große Cola. Madeline wollte nur einen Cheeseburger. Wir aßen eine Weile schweigend. Sie war offensichtlich mieser Stimmung, und es dauerte nicht lange, bis sie mich mit ihrer Übellaunigkeit ansteckte. Ich dachte an all die Abende, die wir in den letzten sechs Monaten zusammen verbracht hatten, an all die Hoffnung und Begeisterung, die ich zu Beginn der Beziehung empfunden hatte, und es kam mir grausam und erbärmlich vor, wie wir so dasaßen, ohne ein Wort zu reden, und in dieser tristen Umgebung an einem kalten Winterabend lustlos unser Fastfood kauten. Als ich schließlich etwas zu sagen wagte, kostete es mich eine ungeheure Anstrengung.

111

»Und«, sagte ich, »was hast du in den letzten Tagen so gemacht?«

»Nicht viel. Du kennst mich ja.«

Ich deutete auf ihren Cheeseburger.

»Ist das alles, was du essen willst?«

»Ich hab keinen großen Hunger. Außerdem kann ich diesen Fraß nicht ausstehen.«

Ich muß wohl eine frustrierte Geste gemacht haben, denn
sie erbarmte sich meiner und sagte: »Tut mir leid, William.
Wir sind bloß beide schlecht gelaunt.«

Ich hätte klarstellen können, daß ich nicht mies gelaunt
gewesen war, bis sie mich eine halbe Stunde hatte warten lassen, aber ich hielt es für konstruktiver, mich wie sie um
Freundlichkeit zu bemühen.

»Wir haben Dienstag einen neuen Song aufgenommen«,
sagte ich.

»Ach ja?« Natürlich klang sie gelangweilt.

»Hat den ganzen Tag gedauert. Sechs Stunden Studiozeit.«

»Das entwickelt sich langsam zu einem richtig teuren
Hobby, was?«

»Du weißt ganz genau, daß es kein Hobby ist.«

Sie nahm eine von meinen Fritten und sagte geistesabwe-
send: »Du glaubst also nach wie vor, daß du mit deiner Musik Karriere machen wirst?«

»Ich weiß nicht. Eigentlich denke ich gar nicht in solchen
Kategorien.«

»Warum machst du es dann? Worum geht es dir dabei?«

»Ich mache das, weil ich muß.«

Ihr Blick war leer, verständnislos.

»Ich mache das, weil ich soviel Musik in mir habe, und die
muß ich rauslassen. Und ... genau das mache ich. Das habe
ich schon immer gemacht.«

»Klingt ganz schön lästig: wie ein Verdauungsproblem
oder so. Ich bin froh, daß ich so was nicht habe.«

»Nein, es ist etwas ganz anderes. Es ist eine Gabe, eine

Möglichkeit, Gefühle zum Ausdruck zu bringen ... ihnen eine dauerhafte Form zu geben ... sie zu erhalten. Gefühle, die ansonsten einfach tot und vergessen wären.«

»Was für Gefühle?«

Mutig sagte ich: »Gefühle für dich zum Beispiel.«

»Du hast Songs über mich geschrieben?«

»Ja.«

»Wie peinlich.«

Es entstand eine kurze Pause, in der ich mich fragte, ob ihr klar war, wie verletzend diese Bemerkung gewesen war. Dann sagte ich: »Vielen Dank.«

»Was soll das heißen?« Zum erstenmal hatte sie meinen Sarkasmus mitbekommen.

»Weißt du, was mich wirklich ankotzt?«

»Wenn du heute abend nur unverschämt zu mir sein willst«, sagte sie, »muß ich mir das hier nicht länger anhören.«

»Ich sag dir, was mich ankotzt. Wie nett du bist.«

»Wie bitte?«

»Wie nett du zu allen bist, nur nicht zu mir. Gott, du bist so höflich und freundlich und aufmerksam und großzügig, du schäumst ja förmlich über vor guten Gefühlen für alle und jeden. Und ich krieg davon kein bißchen ab. Nicht das geringste.«

»Ich finde, du bist unfair. Sehr unfair.«

»Nein, bin ich nicht. Warum behandelst du mich eigentlich anders als alle anderen? Nur weil wir eine Beziehung haben, heißt das noch lange nicht, daß ich nicht auch ab und zu mal ein bißchen Freundlichkeit vertragen könnte. Verdammt, du läßt mich eine halbe Stunde warten, du schmollst vor dich hin, du redest nicht mit mir. Du sagst mir nicht mal, was du hast.«

»Ich habe nichts.«

Ich nahm ihr Kinn und zwang sie, mich anzusehen.

»Doch, du hast was. Hab ich recht?«

Sie blickte weg.

»Ich möchte nicht drüber reden.«

An meinen Fingern war Ketchup gewesen. Sie nahm eine von den Papierservietten und wischte sich das Gesicht sauber.

Ich seufzte. »Erzähl's mir, ja? Das bist du mir schuldig.«

Sie versuchte, meinem Blick standzuhalten, mußte aber wegschauen, als sie unsicher sagte: »Ich möchte ... eine Veränderung.«

»Eine Veränderung?«

»In unserer Beziehung.«

Ich runzelte die Stirn.

»Was für eine Veränderung?«

»Du kannst dir doch denken, was für eine Veränderung«, sagte sie und sah wieder weg.

»Nein, kann ich nicht.«

Mehrere Sekunden starrten wir einander an, zwei Augenpaare, wütend, hoffnungslos aufeinander fixiert, verzweifelt bemüht, zu kommunizieren und einander doch auszuschließen.

»Mein Gott, du bist blöd«, sagte sie. »Ich bin noch nie jemandem begegnet, der so blöd ist wie du, William.« Sie stand auf und hängte sich ihre Tasche über die Schulter. »Ich gehe.«

»Wohin?«

»Nach Hause.«

»Sei nicht albern.«

»Ich bin nicht albern. Mir reicht's, und ich gehe jetzt nach Hause.«

»Ich bring dich noch zum Bus.«

»Laß gut sein. Ich will das nicht. Ich geh lieber allein.«

Ich stand auch auf.

»Jetzt mach doch nicht so ein Theater. Laß uns vernünftig drüber reden, wie zwei ...«

Sie stieß mich zurück auf meinen Stuhl.

»Halt den Mund, und iß deinen Cheeseburger.«

Und bevor ich sie zurückhalten konnte, war sie die Treppe hinuntergelaufen und verschwunden. Ich saß da, wie vor den Kopf gestoßen. Vor mir stand eine Plastikverpackung mit einem halb gegessenen Cheeseburger, schon vom Anblick wurde mir übel. Nicht, weil ich keine Cheeseburger mag, sondern weil er mir wie ein offensichtliches Symbol für einen vergeudeten Abend und eine gescheiterte Beziehung erschien, die noch nicht einmal richtig begonnen hatte. Wenig später warf ich ihn in den Abfalleimer und verließ ebenfalls das Restaurant.

Auf der Straße war von Madeline nichts mehr zu sehen. Ich wußte, zu welcher Bushaltestelle sie gehen würde, aber ich sah keinen Sinn darin, ihr zu folgen. Es war besser, abzuwarten, bis sich diese Stimmung gelegt hatte, und sie vielleicht morgen anzurufen. Der Abend wurde noch kälter, und in der Luft lag ein feuchter Dunst. Ich knöpfte meinen dünnen, alten Regenmantel zu, steckte die Hände tief in die Taschen und ging zunächst ziellos die Straße hinauf, bis ich den Weg zum Samson's einschlug.

Es war zwar nur eine Vermutung, aber sie bewahrheitete sich: Tony war da. Ich wollte nicht sofort mit ihm reden, also setzte ich mich an einen Tisch in der Ecke und bestellte eine Flasche Wein, die ich mir, langsam und methodisch, allein zu Gemüte führte. Im Nu war sie dreiviertel leer. Das Samson's war kaum besucht, daher gab es so gut wie keine störenden Geräusche – Gespräche, Gläserklirren, das Schaben von Stühlen auf dem Boden –, während ich Tonys Klavierspiel zuhörte. Er spielte »Night and Day«, »Some Other Time«, »Blue in Green« und schließlich »My Funny Valentine«. Ohne überheblich sein zu wollen, muß ich sagen, daß seine Interpretation nicht so gut war wie die, die ich an jenem Abend für Madeline gespielt hatte. Sie war ausgefeilter, aber weniger emotional. Trotzdem ging sie mir unter die Haut, und meine Augen waren eindeutig feucht, als ich zu

Tony hinüber ans Klavier ging, bevor er mit dem nächsten Stück anfangen konnte, und hallo sagte.

»Hi.« Er schien ehrlich erfreut, mich zu sehen. »Was machst du denn hier?«

»Wann hast du Pause?« fragte ich.

»Ich könnte jetzt gleich eine machen.«

»Dann komm und trink ein Glas mit mir.«

Wir bestellten noch eine Flasche Wein, obwohl er nicht viel davon trank, und ich erzählte ihm von meinem Streit mit Madeline. Ich weiß nicht, was ich mir davon versprach, daß ich ihn ins Vertrauen zog. Männer sind einander in emotionalen Krisen meist keine große Hilfe, und ich ertappte mich bei dem Wunsch, irgendeine Frau zu kennen, zu der ich hätte gehen können, der es zunächst einmal nicht peinlich gewesen wäre, mich in den Arm zu nehmen, und mit der ich offen hätte reden können. Tony, das sah ich ihm an, lag außerdem eine Bemerkung wie »Ich hab's dir doch gesagt« auf der Zunge.

»Na ja, am besten versuche ich, das Ganze einfach zu vergessen«, sagte ich schließlich.

»Das ist eine gute Idee, finde ich.«

»Ich hab wichtigere Probleme. Jede Menge Sachen, die ich auf die Reihe kriegen muß. Außerdem kann ich sie morgen früh anrufen.«

Er blickte mich an, lächelte und schüttelte den Kopf.

»Meinst du nicht, du solltest damit ein bißchen länger warten?«

Mir kam der Gedanke, daß er vielleicht an eine endgültige Trennung dachte, eine Aussicht, die mich mit Angst und Panik erfüllte, sobald ich sie nur in Erwägung zog. Plötzlich hatte ich das Gefühl, zu fallen und schwerelos zu sein, wie wenn man in einem Aufzug ist, der viel zu schnell nach unten saust. Mich schauderte.

»Mal sehen. Ich denk drüber nach.« Um das Thema nicht weiter zu erörtern, sagte ich: »Ich hab ein neues Klavierstück geschrieben.«

»Echt?« sagte Tony. »Wie klingt es denn?«

Ich hatte »Tower Hill« tatsächlich am Abend zuvor vollendet. Die letzten vier Takte der mittleren Acht hatten sich als recht kompliziert erwiesen, wegen weiterer Modulationen und einer anspruchsvolleren Melodie, aber sie gefielen mir, und ich hatte das Gefühl, daß sie paßten. Ich war, wenn ihr euch erinnert, bis zu einem F-Dur-Septimakkord gekommen, der über einen ganzen Takt gehalten wurde. Nun, für die zweite Hälfte dieses Taktes hatte ich jetzt einen verminderten Dreiklang auf Fis mit einer kleinen Überleitung hinzugefügt, die sich so anhörte:

Fmaj7   F#dim

Das führte nun zu g-moll (wie schon zwei Takte zuvor), zu einem unerwarteten b-moll und dann weiter zu einem kräftigen As-Dur, von wo aus ich durch absteigende Terzen rasch zu einem Des gelangte. Von da bot sich ein Es 7 an, um zum Anfang des Stückes zurückzukehren, obgleich eine zusätzliche Harmonisierung in der rechten Hand ganz hilfreich war:

Gm7   Bbm7   Abmaj7 Fm7   Dbmaj7
                                              Eb7

Mir gefiel die Terzenfolge im vorletzten Takt dieser Passage, und mir gefiel die vorübergehende Klangfülle in der Quarte, während man auf dem letzten Akkord verweilte, bevor man zur Hauptmelodie zurückkehrte. Doch jetzt, da das Stück fertig war, ließ es sich natürlich auf vielerlei unterschiedliche Weise interpretieren, und ein Sänger war keineswegs gezwungen, sich an meine Vorgaben zu halten. Ich war schon gespannt darauf, was ein anderer Pianist daraus machen würde.

»Hast du Papier dabei?« fragte ich Tony.

»Klar.«

Er hatte immer eine dünne Ledermappe voller Songnoten bei sich und nahm jetzt ein leeres Notenblatt heraus, das er mir gab, zusammen mit einem Stift. Binnen weniger Minuten hatte ich mein Stück aufgeschrieben. Ich schob es ihm über den Tisch zu, und seine dunklen, intelligenten Augen überflogen es begeistert, erfaßten die Highlights, und in seinem Kopf formte sich ein Klangbild der Gesamtwirkung.

»Sehr interessant«, sagte er. »Wirklich hübsch gemacht.«

Er wollte es mir zurückgeben, aber ich hielt ihn davon ab.

»Spielst du's mal?«

»Was, jetzt?«

»Ja, ich würd's gern mal hören.«

Er überlegte kurz und gab mir dann das Blatt zurück.

»Nein. Du spielst es.«

Wenn ich nicht leicht angetrunken gewesen wäre und wenn nicht so wenig Gäste dagewesen wären, hätte ich mich nie getraut. Außerdem hatte ich mein Stück noch nie auf einem Klavier gespielt, nur auf einem elektronischen Keyboard, was etwas ganz anderes ist. Wie dem auch sei, ich ging jedenfalls plötzlich zum Klavier hinüber, setzte mich auf den Hocker und versuchte mich durch tiefes Atmen vorzubereiten. Gleich darauf schlug ich den ersten Akkord an.

Manche Musiker sagen, daß man unter Alkoholeinfluß besser spielt, weil man dann entspannter ist. Das stimmt nicht. Richtig entspannt ist man nur, wenn man von seinem Material überzeugt ist. Die Entspannung, die Alkohol bietet, ist lediglich eine verschwommene Wahrnehmung, was zur Folge hat, daß man durch seine eigenen Schnitzer nicht aus der Ruhe kommt, weil man sie gar nicht mehr registriert. Ich war an dem Abend zu betrunken, um eine anständige Version von »Tower Hill« zu spielen. Wie es sich für einen objektiven Zuhörer anhörte, weiß ich nicht. Tony verriet mir hinterher nur, daß ich ein paar Fehler gemacht hatte. Zumindest sagte er das über den ersten Teil meines Vortrags. Der Rest ließe sich vielleicht am besten als Streifzug in die freie Improvisation bezeichnen.

Jedenfalls verlor ich nach wenigen Minuten völlig die Konzentration auf die Musik und schweifte statt dessen in Assoziationen ab. Meine Finger spielten völlig selbsttätig weiter, während ich an all die langen, müden Fußmärsche von der U-Bahn-Station nach Hause dachte; wie hoffnungsvoll ich zunächst gewesen war; wie verbissen und blind in letzter Zeit. Dennoch empfand ich keine Verbitterung. Meine Gedanken wanderten immer weiter zurück zu jenen ersten Abenden mit Madeline: Wieviel Spaß es uns gemacht hatte, immer wieder etwas Neues zu unternehmen, und wie unverkrampft wir uns unterhalten hatten; wie sie ausgesehen hatte, wenn sie an irgendeinem Treffpunkt nach mir Ausschau hielt, wie ihr Gesicht sich aufhellte, sobald sie mich kommen sah. Inzwischen mußte ich unmögliche Tonartenwechsel auf der Klaviatur vorgenommen haben, und ich kam erst wieder zur Besinnung, als eine vertraute Passage an mein Ohr schlug und mir klar wurde, daß ich aus irgendeinem Grund (wenn auch leise und nicht im Takt) das getragene Thema von »Stranger in a Foreign Land« spielte.

Ich hörte abrupt auf; um mich herum war es totenstill, denn die Gäste unterhielten sich nicht mehr, sondern starrten mich an, verwundert und abweisend, fragten sich, wer ich war und warum sie nicht mehr ihren gewohnten Pianisten hörten.

Hastig stand ich auf, drängte mich zwischen den Tischen hindurch und ging zurück in die Ecke, wo Tony saß.

»Ich muß gehen«, sagte ich. »Tut mir leid. Ich glaub, ich bin betrunken oder so.«

Er nickte und blickte mich aus besorgten Augen an.

»Kommst du klar?« fragte er. »Schaffst du es bis nach Hause, meine ich? Soll ich dich begleiten?«

»Ich komm schon klar.«

»Also gut.« Als ich gerade gehen wollte, sagte er: »Ach ja, vergiß das nicht mit Sonntag.«

»Sonntag?«

»Nicht diesen, den danach. Du wolltest doch auf Ben aufpassen. Ja?«

»Ach ja, klar. Nächsten Sonntag. Geht in Ordnung.«

Ich wankte nach draußen, und das nächste, woran ich mich erinnern kann, ist, daß ich an der Fahrkartenschranke der U-Bahn-Station Leicester Square stand. Ich weiß nicht, ob aus Versehen oder halb beabsichtigt, jedenfalls fuhr ich nicht in Richtung Embankment, sondern saß in einem Zug nach Norden. Ich stieg in Euston aus und stand noch auf dem Bahnsteig, als die übrigen Fahrgäste längst weg waren. Ich mußte mit jemandem reden. Es gab irgend jemanden, den ich unbedingt sehen wollte, und aus diesem Grund hatte ich den Zug nach Norden genommen. Wer war das? Ich konnte mich nicht konzentrieren. Was sollte ich als nächstes tun – zurück nach Hause fahren? Karla. Ich wollte Karla sehen. Weshalb? Wollte ich ihr von diesem Abend erzählen, von dem Streit, von Madeline? Wie spät war es? Viertel nach elf. Das White Goat würde schon geschlossen haben, wenn ich dort ankam. Geschlossen, aber es würde noch jemand da sein. Karla würde noch die Tische abräumen, die Gläser spülen, alles abschließen. Ich ging hinüber zum Bahnsteig City Branch und nahm einen Zug nach Angel. Ich würde an die Tür klopfen. Sie würde kommen, die Tür öffnen, mein Gesicht sehen, mich ohne ein Wort hereinlassen. Ohne ein Wort. Sie würde mich erwarten, quasi. Ohne ein Wort.

»Kann ich Ihnen irgendwie helfen, Sir?«

Meine Faust tat weh, und ich blickte in das Gesicht eines riesigen Polizisten. Ich stand auf einer kalten Seitenstraße, und alles war sehr ruhig, jetzt, da ich aufgehört hatte, gegen die Tür des Pubs zu hämmern.

»Die Pubs schließen um elf, Sir«, sagte der Polizist. Das

war ein Vorwurf, nicht die hilfreiche Feststellung einer Tatsache, und er ließ die Anrede »Sir« fallen wie einen stumpfen
Gegenstand.

»Ich glaube, ich hab da drin was liegenlassen«, stammelte
ich. »Meine Brieftasche.«

»Verstehe, Sir. Tja, Sie werden bis morgen warten müssen,
um sie zu holen.«

Er war um die Vierzig, hatte einen Schnurrbart und wirkte
nicht übermäßig bedrohlich. Ich murmelte so was wie ein
Dankeschön und wich langsam zurück.

»Haben Sie genug Geld, um nach Hause zu kommen,
Sir?« fragte er.

»Ja, ist kein Problem. Ich habe eine Monatskarte.«

»Gute Nacht, Sir.«

Er sah mir nach, wie ich um die Ecke bog. Als ich fünf
Minuten später wieder um die Ecke kam, war er verschwunden. Das Pub war dunkel, die Tür verriegelt. Ich lehnte mich
dagegen, meine Beine gaben nach, und ich rutschte zu Boden.

Vermutlich schlief ich nicht sehr lange. Ich wachte bib-
bernd auf, aber ich wurde nicht von der Kälte wach. Es war
ein Geräusch. Die Straße war ruhig. Ich meine ruhig und
nicht still, weil London niemals still ist. Man merkt es nicht,
wenn man in London wohnt. Liegt man um vier Uhr morgens wach, hält man das, was man hört, für Stille, aber man
täuscht sich. Man muß nur mal irgendwo anders hinfahren,
aufs Land oder auch in eine andere Stadt, dann erkennt man,
daß es in London stets ein Summen, ein Dröhnen, ein gedämpftes Rauschen ruheloser, unbestimmbarer Aktivitäten
gibt. Vor dem Hintergrund dieser Geräuschkulisse, dieser
unaufhörlich nervösen Atmosphäre entfernten Lärms, hörte
ich ganz deutlich etwas Unerwartetes. Es war eine Stimme,
eine hohe, klare Frauenstimme, die eine so starke und schöne
Melodie sang, daß sie mir schon bekannt vorkam, obwohl
ich sie nie zuvor gehört hatte. Die Stimme kam von oberhalb
meines Kopfes, vom Himmel, wie die eines Engels.

Nein, das stimmte nicht. Ich blickte hoch und sah über der Ladenreihe auf der anderen Straßenseite ein offenes Fenster. An einem der Läden war ein Schild mit der Aufschrift »Videos – Verkauf und Verleih«. Urplötzlich kam mir eine Erinnerung, und ich stand rasch auf: Karla. Natürlich. Es war ein schottisches Lied, das war deutlich zu hören, und ich fand, daß der Text, obwohl ich ihn nicht verstehen konnte, gälisch klang. Viele Monate später stieß ich zufällig auf den Text des Liedes. Es heißt »Sehnsucht des Matrosen«, und eine Strophe lautet:

Nuair chì mi eun a' falbh air sgiath,
Bu mhiann leam bhith 'na chuideachd:
Gu'n deanainn cùrs' air tìr mo rùin,
Far bheil an sluagh ri fuireach.

Übersetzt heißt das in etwa:

Seh ich einen Vogel sich in die Luft erheben,
Sehne ich mich danach, mit ihm davonzufliegen:
Hin zu dem Land, das ich liebe,
Dem Land, wo mein Volk lebt.

Ich weiß nicht, wie lange ich dastand und der Stimme lauschte. Mir war, als hätte ich nie zuvor etwas so Schönes gehört. Die Melodie klang so sicher und unfehlbar, die Stimme war so rein, daß ich im Nu alles um mich herum vergaß. Ich vergaß sogar, daß ich betrunken war. Das Lied sprach zu mir, und was es mir sagte, war genau das, was ich hören wollte. Und als es zu Ende war und nichts als diese seltsame, geschäftige Ruhe zurückließ, wollte ich nicht mehr mit Karla sprechen, ich mußte es nicht mehr. Nicht in diesem Moment. Nicht jetzt.

Ich hatte sie singen hören.

Umschwung

You left your girlfriend on the platform
with this really ragged notion that you'd return
but she knows that when he goes
he really goes

Morrissey,
»London«

»Hin zu dem Land, das ich liebe, Dem Land, wo mein Volk lebt.« Tja, so weit war ich noch nicht: Ich wollte mich nicht von London unterkriegen lassen. Doch am nächsten Tag mußte ich wieder an zu Hause denken, und ich wurde, mit einer Klarheit, mit der ich nicht gerechnet hatte, an Szenen aus meiner Vergangenheit erinnert, die ich bislang nach besten Kräften ignoriert hatte. Der Grund dafür war ein Brief von Derek, der mir früher als erwartet geantwortet hatte.

Genaugenommen war es nicht nur ein Brief, sondern ein Päckchen; und als ich es öffnete, fand ich als erstes eine Schallplatte – eine Single. Die A-Seite hieß »Violent Life«, die B-Seite »Insomnia«. Der Name der Band war The Dwarves of Death.

In der Plattenhülle steckte ein gefalteter Brief; ich nahm ihn heraus und fing an zu lesen.

Lieber Bill,
schön, mal wieder was von Dir zu hören – nach so langer Zeit. Da wir hier oben keinen Pieps von Dir gehört haben und Du offenbar noch nicht die »Top of the Pops« erobert hast, gingen hier schon die wildesten Gerüchte, Du wärst bestimmt in die Themse gefallen und zum großen Plattenstudio im Himmel entschwebt. Aber

offenbar bist Du quicklebendig und erfreust Dich Deines Lebens als verelendeter Bohemien. Wir sind alle sehr erleichtert, das kann ich Dir sagen.

Also, Du wunderst Dich vermutlich über den Inhalt meines Päckchens. Es ist nur ein Beispiel für die sagenhafte Tüchtigkeit von »Derek Tooleys Musik-Informationsdienst. Beantwortung aller Fragen zur Popmusik. Rasch, zuverlässig und keimfrei«. Dein Freund hat absolut recht. Es gab tatsächlich eine Band namens The Dwarves of Death – eine von diesen Hunderten vergessener kleiner Bands, die in der Punkära wie Pilze aus dem Boden schossen, bei kleinen Labels zwei oder drei billige Singles produzierten und dann spurlos wieder in der Versenkung verschwanden. Das heißt, vergessen von allen, außer einer Handvoll Plattenfanatikern wie mir. Ich habe zwar von der Platte, die Dein Freund erwähnt hat, kein Exemplar mehr, aber ich erinnere mich an sie. Die Single, die Du gerade in Deiner verschwitzten, kleinen Hand hältst (vorausgesetzt, die Post hat das gute Stück nicht verschlampt, sonst kann sie sich auf was gefaßt machen), ist eine noch größere Rarität. Es war ihre zweite (und letzte) Single, bei einem Label erschienen, das mir sonst nirgendwo mehr untergekommen ist – vermutlich eine Eigenproduktion. Es müssen an die hundert Stück gepreßt worden sein, und höchstens sechs oder sieben wurden verkauft.

Wenn Du Dir die Platte anhörst, wirst Du feststellen, daß die Dwarves die erhabeneren Gefühle des menschlichen Geistes eher vermieden und sich nicht unbedingt um Feinsinnigkeit und nuancierte Ausdrucksformen bemühten. »Violent Life« ist eine zweiminütige Reise durch die Freizeitaktivitäten eines typischen Abends in Glasgow: es geht offenbar in erster Linie um Vergewaltigung, Straßenraub, Bandenkämpfe und Drogenmißbrauch. Doch der Song wirkt wie eine friedliche, ländliche Idylle im Vergleich zur B-Seite: Das Stück »Insomnia« besteht, soweit der Text überhaupt zu verstehen ist, daraus, daß eine Frau durchs Mikrofon ihren Exlover anbrüllt und hofft, daß er nie wieder eine Nacht richtig schlafen kann. Es ist etwa so, wie wenn man Kreide über eine Tafel kratzen hört. Alles in allem eine Platte in der großen Punktradition: das heißt Musik, zu der es sich prima kotzen läßt.

Übrigens, die Erinnerung spielt Deinem Freund einen Streich, wenn er meint, daß in der Band echte Zwerge mitgespielt haben. Ich kann mich zwar nicht an die genaue Besetzung erinnern, aber das erscheint mir höchst unwahrscheinlich. Diese komischen Kapuzengestalten auf dem Cover der Single waren sicher ein Werbegag. Die Band hat ihren Namen (bist Du nicht ein Glückspilz, daß Du einen Freund hast, der sich an solche Sachen erinnern kann?) von einer Schlagzeile im »Glasgow Herald«, die damals quasi zur Legende wurde. Es ging dabei um zwei Brüder, die wegen Einbruch und bewaffnetem Raubüberfall verhaftet worden waren: Sie waren nachts in einen Großhandel eingedrungen und wollten den Wachmann, den sie gefesselt hatten, erschießen, aber die Pistole war nach hinten losgegangen und hatte einen von ihnen am Arm verletzt. Sie waren beide bloß knapp über einen Meter groß und in der Gegend wegen einer ganzen Reihe von Einbrüchen bekannt, bei denen sie durch winzige Fenster geklettert waren. Allerdings hatten sie sich dabei ziemlich blöd angestellt und wurden jedesmal erwischt. Mit anderen Worten bösartig, aber unfähig. Jedenfalls wurden sie aufgrund der Aussage des Wachmannes verurteilt und wären vermutlich ganz in Vergessenheit geraten, wenn diese zynische Schlagzeile nicht hängengeblieben wäre. Selbst jetzt fallen mir ihre richtigen Namen nicht mehr ein, oder für wie lange sie verknackt wurden.

Okay, genug fürs erste aus dem Sammelalbum der Musikgeschichte. Zeig Deinem Freund die Platte, damit der Streit ein Ende hat, und bring sie mir wieder mit, wenn Du das nächste Mal nach Sheffield kommst.

Es stand noch mehr in dem Brief, aber die Zeit wurde langsam knapp, und ich würde zu spät zur Arbeit kommen. Trotzdem legte ich die Single auf und drehte den Plattenspieler so laut, daß ich die Musik in der Küche hören konnte, während ich Wasser aufsetzte. Auf der Plattenhülle war ein ziemlich grobkörniges Foto, auf dem eine androgyne Gestalt zu sehen war – nur anhand der Umrisse konnte man ahnen, daß es eine Frau war –, die mit dem Rücken zur Kamera stand und über einen Fluß blickte. Rechts und links von ihr, direkt am Ufer, standen zwei kleine Menschen in identischen Mänteln, die Gesichter von Kapuzen verhüllt. Der Gesamteindruck war ausgesprochen unheimlich, die Zwerge hätten aber auch ohne weiteres nachträglich auf das Foto kopiert worden sein können, dachte ich.

Die Musik war typisches Punkgedröhne, aber mit einer besonders unangenehmen Gesangsstimme. So was macht mich immer ganz kribbelig, muß ich sagen. Die B-Seite war noch schlimmer, weil es außer einem Schlagzeug keinerlei Begleitung gab. Ich rechnete jeden Moment damit, daß Tina aus ihrem Zimmer kommen würde, um mir zu sagen, ich sollte die Musik leiser stellen. Aber wie gewöhnlich bestand meine einzige Kommunikation mit Tina an diesem Morgen aus einer schriftlichen Nachricht:

Lieber W., kann sein, daß wir uns heute abend sehen, weil ich mich schrecklich fühle und nicht zur Arbeit gehen werde. Tut mir leid wegen des Badezimmers, ich mach es sauber. Ich hab den Anrufbeantworter ausgestöpselt, wenn du nichts dagegen hast, weil ich keine Nachrichten will. Sei am Morgen bitte leise. Gruß, T.

Diese Nachricht, die so ganz anders klang als ihre sonst meist heiteren Botschaften an mich, beunruhigte mich zutiefst. Sogar die Handschrift sah zittrig und verschmiert aus. Ich las den Zettel ein paarmal durch, konnte mich aber wegen des fürchterlichen Gekreisches aus meinem Zimmer nicht besonders konzentrieren. Ich lief zum Plattenspieler und stellte ihn ab. Als es wieder still war, las ich den Zettel noch einmal, und er kam mir noch besorgniserregender vor. War mit Tina alles in Ordnung? Sollte ich in ihr Zimmer gehen und nach ihr sehen? Nein, natürlich nicht. Vielleicht konnte ich sie am Abend fragen, wenn ich sie sah. Eigentlich wollte ich abends gar nicht zu Hause bleiben, sondern mich mit Harry im White Goat treffen, um ihm die Platte zu zeigen und (natürlich) um Karla zu sehen. Sollte ich das verschieben und bei Tina bleiben?

Ich entschied mich dagegen, steckte die Schallplatte in eine Plastiktüte und machte mich auf den Weg zur Arbeit. Zuvor stöpselte ich doch noch rasch den Anrufbeantworter wieder ein. Ich wollte mir von Tinas Launen nicht die Chance nehmen lassen, einen Job zu kriegen.

In der Mittagspause rief ich Harry an und verabredete mich mit ihm abends auf ein Bier; und ich las den Rest von Dereks Brief.

> Hier oben ist nicht viel passiert, was ein Großstädter wie Du aufregend fände. Ich arbeite noch immer bei Harper's, und ich bin als stellvertretender gewerkschaftlicher Vertrauensmann fürs nächste Jahr im Gespräch. Der Job ist einigermaßen sicher, aber man muß stets die Ohren offenhalten, weil man nie wissen kann, wer als nächstes gefeuert wird. Vorsichtshalber halte ich ständig Ausschau nach einem Job in irgendeiner größeren Firma, und vor zwei Monaten hatte ich sogar ein Vorstellungsgespräch in Manchester, aber es ist

nichts draus geworden. Wie immer sind einfach zu viele Leute auf Jobsuche.

Die Musikbranche befindet sich anscheinend immer noch in einem schockierenden Zustand: Steuerberater und Börsianer haben das Sagen, und postmoderne Raubpresser durchforsten alte Plattensammlungen und suchen nach allem halbwegs Anständigem aus den sechziger Jahren, das sie ausschlachten und im Stil der Achtziger aufmotzen können. Ich hoffe, alles kommt wieder ins Lot, wenn die Biscuit Factory, oder wie Deine Band heißt, sich erst mal zusammengerauft hat und die Charts im Sturm erobert. Ich gebe Euch bloß einen einzigen Rat: sucht Euch um Himmels willen einen vernünftigen Friseur.

Das wär's für's erste. Ich hoffe, Du läßt in den nächsten zehn Jahren mal was von Dir hören. Laß dich nicht unterkriegen und überhaupt, und paß auf dich auf.

Bis dann,
Derek

P.S. Ich hab Stacey in letzter Zeit ein paarmal gesehen, und sie wirkt so zufrieden und wohlauf wie eh und je. Zufällig haben wir uns gerade gestern abend getroffen, und ich hab ihr von Deinem Brief erzählt und sie gefragt, ob ich Dir was von ihr ausrichten soll. Sie hat gesagt: »Vergiß nicht, wo das Telefon steht, Bill.«

Über diese Nachricht mußte ich lächeln, denn ich erkannte darin zwar einen leichten Vorwurf, zugleich aber auch eine vertrauliche verschlüsselte Botschaft. Es war einer jener nicht besonders geistreichen oder originellen Scherze, die es immer in der Geheimsprache von Liebespaaren gibt. Ich konnte mich nicht mal erinnern, wann wir angefangen hatten, das zu sagen. Ich vermute, es muß nach Beginn meines Studiums gewesen sein, als ich in Leeds war.

Das Komische an der Geschichte zwischen mir und Stacey ist, so kommt es mir jetzt vor, daß wir uns nie richtig getrennt haben. Wir haben unsere Verlobung gelöst, aber wir waren trotzdem weiterhin zusammen. Ich krieg das alles chronologisch nicht mehr richtig auf die Reihe. Stacey und ich hatten tiefe Gefühle füreinander, aber wir waren nie das, was man gemeinhin als leidenschaftlich bezeichnen würde. Entscheidungen, häufig sehr wichtige Entscheidungen, wurden getroffen, ohne daß wir uns dessen so richtig bewußt waren, und sicherlich, ohne großartig darüber zu reden oder Seelenforschung zu betreiben. Ich weiß noch, wie ich ihr erzählte, daß ich mich entschlossen hätte, aus Boots wegzugehen und in Leeds zu studieren, und wie sie es ohne den leisesten Widerspruch hinnahm. Wahrscheinlich deshalb, weil ich ja nicht weit weg sein würde. Etwa um diese Zeit hat sie dann wohl zum erstenmal gesagt: »Vergiß nicht, wo das Telefon steht, Bill.«

Wenn ich Stacey als prosaisch bezeichnen würde, dann nicht, weil sie unscheinbar war. Im Gegenteil, mit ihren kurz geschnittenen, aber leicht gelockten schwarzen Haaren, den breiten Schultern und schmalen Hüften zog sie stets die Blicke der Männer auf sich. Und wenn ich sie als jemanden bezeichnen würde, der alles ohne Murren hinnahm, dann sollte dadurch nicht der Eindruck entstehen, als wäre sie schwach oder als hätte sie nicht ihren eigenen Kopf. Ein besserer Ausdruck wäre vielleicht »unerschütterlich«. Mir kommt die leicht bedrückende Theorie in den Sinn, daß sie mir vom ersten Tag an direkt ins Herz blicken konnte, daß sie mich völlig durchschaute, genau wußte, was sie von mir zu erwarten hatte, und deshalb nie überrascht war, wenn ich mich unmöglich benahm oder sie mit einer schwierigen Entscheidung konfrontierte. Ich strampelte mich ziellos ab, bemühte mich, mein Leben in den Griff zu kriegen, und sie war mir die ganze Zeit einen Schritt voraus. Ja, ich glaube sogar, sie war selbst schon zu dem Schluß gekommen, daß es gut wäre, wenn ich auf die Universität ginge, und wartete nur darauf, daß ich das von allein einsah.

Wir waren inzwischen verlobt, aber vielleicht sah sie darin ja schon den Anfang vom Ende unserer Beziehung und akzeptierte die Tatsache genauso bereitwillig, wie sie die Aussicht akzeptierte, daß ich häufig nicht dasein würde. Wir sahen uns weiterhin fast jedes Wochenende – manchmal in Leeds, aber meistens in Sheffield, wo wir entweder bei ihren Eltern oder bei meinen wohnten und es genossen, unter ein und demselben Dach zu sein, obwohl die kleinstädtischen Anstandsregeln es nicht erlaubten, daß wir im selben Bett schliefen. Jeden Sonntag, wenn das Wetter einigermaßen war, gingen wir in den Flußtälern spazieren. Am liebsten fuhren wir mit dem Bus zum Fox House und gingen dann durch das Tal zum Bahnhof von Grindleford, direkt am Totley-Tunnel. Es war ein Spaziergang, der immer wieder anders ausfiel, je nach Jahreszeit, und wir machten ihn in tiefem Schnee und bei strahlendem Sonnenschein, wenn die Blätter in allen Frühlingsfarben leuchteten oder sich kupferfarben vor dem blauen Herbsthimmel abhoben.

So lief das jedenfalls während der ersten beiden Semester. Wann begann es sich falsch zu entwickeln? Wann begriffen wir – vermutlich, als es längst schon zu spät war –, daß wir füreinander zur reinen Gewohnheit geworden waren, daß die Frische und die Bewunderung, die wir für selbstverständlich gehalten hatten, zu bloßer Toleranz verblaßt waren? Zu einer Art träger Vertrautheit, die schlimmer war als Gleichgültigkeit. Ich kann mich nicht mal daran erinnern, wer von uns den Vorschlag machte, unsere Verlobung aufzulösen. Ich erinnere mich allerdings (und im nachhinein erscheint es mir merkwürdig), daß wir an jenem Abend so liebevoll zueinander waren wie schon seit Monaten nicht mehr. Danach entfernten wir uns allmählich immer mehr voneinander. Vielleicht hatte sie einen neuen Freund, vielleicht dachte sie auch, ich wäre wieder neu liiert. Ich ging zurück nach Leeds, um weiter zu studieren, schrieb ihr gelegentlich einen Brief, traf mich sogar ein- oder zweimal an den Wochenenden mit ihr. Eine Zeitlang dachten wir nicht mehr viel aneinander.

Unser letztes richtiges Gespräch hatten wir an dem Wochenende, als ich nach Sheffield kam, um mich von meinen Eltern zu verabschieden. Wir machten wieder unseren alten Spaziergang, obwohl es ein grauer, diesiger Morgen war, und als wir am Fluß saßen und die Sandwiches aßen, die Staceys Mutter uns mitgegeben hatte, sagte ich zu ihr:

»Ich habe beschlossen, mein Studium zu schmeißen.«

»Ich weiß«, sagte sie.

»Wer hat es dir erzählt?«

»Derek. Du willst nach London und Musiker werden.«

»Überrascht dich das?«

»Nein. Ich hab schon immer gedacht, daß du so was machen könntest.«

Ich wandte mich ihr zu und erklärte eindringlich, während sie in ihr Ei-Mayonnaise-Sandwich biß: »Ich denke einfach, wenn ich es jetzt nicht versuche, ist es irgendwann zu spät. Ich meine, mit Chemie kann ich immer noch weitermachen und ...«

Sie unterbrach mich.

»Du mußt dich vor mir nicht rechtfertigen, Bill. Ich weiß, was du für ein Mensch bist. Ich finde es gut.«

Ich lächelte dankbar und verzichtete auf weitere Erklärungen.

»Weißt du schon, wo du wohnen wirst?«

»Tony, mein Klavierlehrer, ist schon dort. Seine Schwägerin hat eine Wohnung, und da kann ich erst mal einziehen.«

»Wann fährst du?«

»Bald. Irgendwann nächste Woche.«

»Sag mir Bescheid, wann, ja? Fährst du von hier ab?«

»Ja.«

131

»Dann nehme ich mir frei. Ich komme zum Bahnhof und sag dir auf Wiedersehen.«

»Sei nicht albern, das mußt du wirklich nicht.«

»Ich möchte es aber. Ich denke, es ist wichtig.«

Und sie war am Abreisetag tatsächlich am Bahnhof, zusammen mit meiner Mutter. Wir kamen kaum dazu, miteinander zu reden – wie das eben so ist bei solchen Gelegenheiten –, und ich weiß gar nicht mehr genau, was wir gesagt haben. Aber es sollte mich wundern, wenn sie nicht doch noch dazu gekommen wäre, mich beiseite zu nehmen und mit einem feinen Lächeln zu sagen: »Vergiß nicht, wo das Telefon steht, Bill.«

Seit ich in London war, hatte ich mich nicht mehr bei ihr gemeldet.

Stacey war von Madeline in den Schatten gestellt worden, und irgendwie kommt mir das merkwürdig vor. Noch merkwürdiger ist jedoch der Gedanke, daß sie beide, zumindest vorübergehend, von Karla in den Schatten gestellt wurden, und zwar durch jenes einsame, kristallklare Bild von ihrer Stimme, die durch eine fast stille Londoner Nacht drang. Ich konnte es kaum erwarten, an dem Abend ins White Goat zu kommen, um ihr davon zu erzählen. Auf dem Weg dorthin machte ich Zwischenstation in einem Schnellrestaurant, schlang einen Hamburger in mich rein und war kurz nach sechs Uhr im Pub.

Leider hatte ich vergessen, wie voll es sein würde, schließlich war Freitag abend. Karla hatte hinter der Theke alle Hände voll zu tun. Vor ihr befand sich eine ganze Reihe von Männern, die mit Geld wedelten und Bestellungen brüllten, und obwohl sie mir ein freundliches »Hallo« zunickte, als ich mein erstes Bier bestellte, gelang es mir erst, mit ihr zu reden, als ich mir mein zweites holte. Doch auch dann drängte sich noch immer ein Pulk von Leuten vor der Theke, und ich bekam nur ihre halbe Aufmerksamkeit.

»Können wir reden?« fragte ich laut flüsternd.

»Klar«, antwortete sie.

»Ich meine ... ich muß dir was erzählen.«

»Hat das nicht Zeit?«

»Na ja ... vielleicht, wenn es hier ein bißchen ruhiger geworden ist.«

Sie schüttelte den Kopf.

»Freitags geht das den ganzen Abend so. Was ist denn los, irgendwas Persönliches?«

»Na ja, in gewisser Weise schon ...«

In diesem Augenblick drängte mich ein Anzugtyp mit einem Bündel Zehn-Pfund-Noten in der Hand zur Seite und gab eine Bestellung von ungefähr fünfzehn Bier auf. Während Karla sie zapfte, sagte ich:

»Es geht um etwas, das letzte Nacht passiert ist.«

»Ach ja?«

Ich hielt inne und verkündete dann mit leiser Stimme: »Ich hab dich gehört.«

»Wie meinst du das?« sagte sie, ohne von ihrer Arbeit aufzublicken.

»Ich meine, daß ich da war. Draußen vor deinem Fenster, gestern nacht.«

Sie starrte mich an.

»Wovon redest du?«

»Es war einfach wunderschön. So was hab ich noch nie gehört.«

»Und dann nehme ich noch ein paar Päckchen Erdnüsse«, rief der Mann im Anzug. »Und eine Schachtel Zigarren.«

»Bist du irgendwie pervers, oder was?« sagte sie.

»Red keinen Unsinn. Ich bin dir nicht gefolgt oder so. Ich wollte gestern nacht nur mit dir reden, aber dann hab ich dich singen gehört, und danach war das nicht mehr nötig. Ich hab einfach zugehört und bin dann wieder gegangen.«

»Hör mir mal zu.« Sie ließ den Zapfhahn los und blickte mich über die Theke hinweg direkt an. »Nur zu deiner Information – und obwohl es dich absolut nichts angeht –, ich bin gestern nacht erst um zwei nach Hause gekommen. Ich war bei einer Freundin. Ich hab also keinen blassen Schimmer, wovon du redest.« Sie wandte sich wieder dem Mann zu. »Wie viele Päckchen wollten Sie noch mal?«

»Vier reichen. Danke.«

»Ich meine, du weißt ja nicht mal, wo ich wohne.«

»Doch. Du hast mir gesagt, daß du hier direkt gegenüber wohnst, über der Videothek.«

Sie ging die Erdnüsse holen, und als sie zurückkam, sprach ich weiter: »Ich hab unter deinem Fenster gestanden – es war offen –, und da hat eine Frau gesungen. Sie war Schottin, sie hat ein schottisches Lied gesungen.« Ich sprach die schreckliche Frage aus: »Das warst doch du, oder?«

Der Mann bezahlte, sie nahm das Geld, und bevor sie hinüber zur Kasse ging, sagte sie ungeduldig: »Das ist die Wohnung unter mir. Da wohnen zwei Hippies, die dröhnen sich dauernd zu und drehen dann ihre Scheißfolkplatten auf volle Lautstärke. Das ganze Haus stinkt nach Ale und Selbstgedrehten. Sie haben mir nur zwölf gegeben, hier«, sagte sie zu dem Mann im Anzug.

»Tut mir leid.«

Er gab ihr das fehlende Geld, und ich stand da und kam mir so blöd vor wie schon lange nicht mehr.

»Mußt du unbedingt hier an der Theke stehen?« sagte sie. »Das stört, wenn ich die anderen Gäste bediene.«

In der Ecke war ein kleiner Tisch frei, also ging ich hin und setzte mich. Wäre ich nicht mit Harry verabredet gewesen, wäre ich auf der Stelle aus dem Pub gerannt. Aber nicht nur, weil ich mich bei Karla zum Affen gemacht hatte. Das war eigentlich schon schlimm genug, aber was mich wirklich schockierte, war, was das für ein Licht auf mein gestriges Verhalten warf – als hätten sich auf einmal die Nebelschwaden gelichtet und der Himmel wäre aufgeklart. Zeigte ich wirklich ein so schwaches Engagement für meine Beziehung zu Madeline? War ich wirklich so bequem, daß ich nicht an der Beziehung arbeiten wollte? Wir hatten einen kleinen Streit gehabt – unseren ersten richtigen Streit seit Monaten –, und statt ihr zu folgen und zu versuchen, das Problem aus der Welt zu schaffen, war ich allein losgezogen, voller Selbstmitleid, hatte mich betrunken, mich im Samson's wie ein Idiot aufgeführt und dann draußen vor der Wohnung einer anderen Frau gelauscht, einer Frau, die ich kaum kannte, zu der ich mich bei der letzten Begegnung vage körperlich hingezogen gefühlt hatte. Es war jämmerlich. Kein Wunder, daß Madeline wütend auf mich gewesen war. Irgendwie mußte ich mich wieder mit ihr in Verbindung setzen und mich richtig ins Zeug legen: irgendeine Geste, vielleicht ein Geschenk, ausgefallen, aber aufrichtig, das Madeline ein für allemal davon überzeugte, daß ich es ernst mit ihr meinte.

Nachdem Harry gekommen war und ich ihm die Schallplatte gezeigt hatte (was ihn mit echter Genugtuung erfüllte), erzählte ich ihm von meinem Vorhaben.

»Worum ging's denn bei dem Streit genau?« fragte er. Das Thema schien ihn ein bißchen zu verunsichern, denn Herzensangelegenheiten waren nicht seine starke Seite, und außerdem (das hatte ich, glaube ich, schon erwähnt) hatte ich vorher noch nie mit ihm über Madeline gesprochen.

»Tja, ich weiß nicht so recht. Das ist ja das Problem. Sie ist zu spät zu unserer Verabredung gekommen, und darüber haben wir uns ein bißchen in die Wolle gekriegt. Dann hat sich die Sache zugespitzt, und ich hab sie gefragt, ob irgendwas nicht in Ordnung ist, und sie hat gesagt, sie will ... eine Veränderung.«

»Was für eine Veränderung?«

»Eine Veränderung in unserer Beziehung.«

Harry runzelte die Stirn.

»Was für eine Veränderung in eurer Beziehung?«

»Genau das weiß ich doch nicht. Wenn ich es wüßte, würde ich dich nicht fragen.«

Ich trank ärgerlich von meinem Becks, während Harry dasaß und einfältig aus der Wäsche guckte. Schließlich sagte er: »Vielleicht will sie, daß ihr heiratet.«

Ich blickte ihn verblüfft an.

»Was?«

»Vielleicht hat sie das gemeint, als sie sagte, sie will eine Veränderung. Vielleicht meinte sie ... heiraten.«

Ich dachte einen Moment darüber nach.

»Ist das dein Ernst?«

»Es ist nur so ein Gedanke. Ich kenn mich mit so was nicht besonders aus.«

Nach einer Pause sagte ich: »Das hätte sie doch wohl gesagt, wenn sie das gemeint hätte.«

Harry zuckte die Achseln. »Ich weiß nicht. Frauen sind bei so was ziemlich komisch.«

Ich schüttelte den Kopf. »Nein, das ist lächerlich. Sie muß was anderes gemeint haben.«

»Zum Beispiel?«

»Na ja ...« Mir fiel nichts anderes ein. »Aber das ist verrückt. Ich meine, ich bin nicht in der Lage, sie zu heiraten.«

»Stimmt. Aber das muß dich doch nicht davon abhalten, sie zu *fragen*. Vielleicht will sie bloß das Gefühl von, na ja, Sicherheit.«

Ich überlegte noch immer, ob an dieser Idee was dran sein könnte, als ich Karlas herrische Stimme hinter mir hörte.

»Darf ich mal?«

Sie wollte unseren Tisch abwischen, und die Schallplatte lag im Weg. Ich nahm die Platte weg, sie wischte rasch und oberflächlich mit einem feuchten Tuch über den Tisch und ging wieder, ohne ein weiteres Wort. Eine spürbare Kälte hing in der Luft, nachdem sie gegangen war.

»Ich dachte, du verstehst dich ganz gut mit der«, sagte Harry.

»Ach, sie hat heute abend viel zu tun, das ist alles.«

Ich verfiel erneut in Schweigen, und als Harry wieder etwas sagte, klang seine Stimme düster.

»Ich hab mir das Tape angehört, das wir am Dienstag aufgenommen haben.«

»Und?«

Er schüttelte vielsagend den Kopf.

»Ist es so schlecht?«

»Ich denke, es wäre Geld- und Zeitverschwendung, es irgendwem zu schicken.«

Ich seufzte. »Ich hab's gewußt. Wir hätten einen anderen Song nehmen sollen.«

Ich wollte nur ein Kompliment von ihm hören, und er biß prompt an.

»Es liegt nicht am Song. Der ist stark. Aber das Ganze hat überhaupt keine Kontur, es klingt chaotisch. Vielleicht hatten wir nicht genug Zeit zum Proben.« Er starrte unglücklich vor sich hin und sagte dann: »Scheiße. Ich hab mir so gewünscht, daß es diesmal klappt.« Er kippte den Rest seines Biers hinunter. »Wir sehen ganz schön alt aus, Bill, wirklich.«

Auch ich sah ganz schön alt aus. Den zweiten Abend in Folge war ich betrunken. Und es war eine ziemlich freudlose Erfahrung, obwohl Harry diesmal dabeigewesen war. Als ich kurz nach Mitternacht nach Hause kam, kriegte ich kaum den Schlüssel ins Schloß, und mir war bewußt, daß ich einen Höllenlärm veranstaltete, als ich polternd in die Wohnung kam und gleich Richtung Badezimmer lief. Aus Tinas Zimmer war kein Laut zu hören, und ihre Tür war fest geschlossen. Vielleicht war sie doch zur Arbeit gegangen. Ich stieß die Tür auf und blickte hinein: Nach ein paar Sekunden konnte ich ihren schlafenden Körper ausmachen. Sie atmete tief und lag auf der Seite. Alles schien in Ordnung.

Eine Badewanne ist eine segensreiche Sache. Ich habe die Erfahrung gemacht, daß man beim Baden jede Menge erledigt kriegt. An Gedanken, meine ich. An diesem Abend dauerte es eine Weile, bis ich einen Geistesblitz hatte, und die beiden Probleme, über die ich mit Harry gesprochen hatte – das Problem mit Madeline und das Problem mit unserem Demoband –, fügten sich plötzlich ineinander: Es war wie ein Naturwunder, wie wenn zwei Elemente miteinander reagieren und ein völlig neues Ganzes ergeben.

Es war übrigens kein bewußter Denkprozeß. Ich sang mir in der Badewanne den Song »Stranger in a Foreign Land« vor: nur daß ich an der Stelle, wo es im Text eigentlich »Now and then« hieß, statt dessen »Madeline« sang. Es paßte perfekt. Und mit einem Mal dachte ich: Ein paar minimale Veränderungen, und es wäre ein Song über sie. Noch besser, es wäre ein Song *für* sie. Und was war mit der Zeile »When I'm done, will you carry me?« Ja, die schrie doch förmlich danach, anders gesungen zu werden, nämlich: »Madeline – will you marry me?«

Ein Heiratsantrag in Form eines Songs. Text und Musik ausschließlich von mir. Wenn Harry recht damit hatte, daß Madeline mir an dem Abend genau das hatte begreiflich machen wollen, wie könnte sie dann einem so ungewöhnlichen Wiederversöhnungsversuch widerstehen? Gab es einen besseren Weg, nicht nur eine Versöhnung zu bewirken, sondern alles auf ein ganz neues Fundament zu stellen? Musik hatte uns überhaupt erst zusammengebracht, also war es nicht mehr als recht und billig, daß Musik – meine Musik – unsere vorübergehende Entzweiung behob und dafür sorgte, daß so etwas nie wieder passierte.

Fünf Minuten später, noch naß vom Bad, telefonierte ich mit Harry.

»Bill, es ist kurz vor eins«, sagte er mit schläfriger Stimme. »Ich hoffe für dich, daß es wichtig ist.«

»Ich hab nachgedacht«, sagte ich. »Es ist noch nicht zu spät, was an dem Song zu machen. Ich schreibe ein paar Textpassagen neu, und wir nehmen das Ganze neu auf.«
Schweigen am anderen Ende der Leitung.

»Was meinst du?«

»Ehrlich gesagt kann ich mir nicht vorstellen, daß Martin und Jake von der Idee begeistert sein werden.«

»Laß sie doch, wir könnten es allein machen – nur du und ich. Paß auf, ich kann morgen vorbeikommen, und wir können zusammen ein Drum-Pattern auf deinem Drum-Computer schreiben. Dann gehen wir Sonntag damit ins Studio und bringen das Ganze in weniger als vier Stunden über die Bühne. Da bin ich sicher.«

»Was ist mit dem Gitarrenpart?«

»Den machst du. Seien wir doch mal ehrlich, Harry, du bist sowieso besser als Martin.«

Er schwieg erneut, und ich spürte, daß er sich für die Idee erwärmte.

»Neuer Text, hast du gesagt?«

»Ja, neuer Text. Mach dir deshalb keine Gedanken. Überlaß das ruhig mir.«

Es war jetzt Anfang Dezember, eine Zeit trostloser und nichtssagender Nachmittage und langer dunkler Abende. Im Winter in London zu sein ist unangenehm, selbst bei einem milden Winter wie diesem. Manchen Leuten gelingt es dennoch, es sich behaglich zu machen: Für Mrs. Gordon, die in ihrer Villa in Kensington warm eingepackt zwischen Leinenlaken in ihrem Bett lag und nur eine Klingel drücken mußte, um von Madeline Tee und gebutterten Toast gebracht zu bekommen, machte der Wechsel der Jahreszeiten vermutlich keinen großen Unterschied. Manchmal vergaß ich einfach, daß es solche Menschen gab und daß solche Leben gelebt wurden. Ich selbst hatte eigentlich wenig Grund zur Klage. Ich hatte ein Dach über dem Kopf, und dazu war meine Bleibe billig; nicht weit von mir schliefen Männer und Frauen in Pappkartons unter der Waterloo Bridge. Das Gefühl, materielle Not zu leiden, war also nicht der Grund dafür, warum ich zitterte und mich nach Besserem sehnte, als ich auf dem

Weg zum Studio gegen den Wind ankämpfte. Es war vier Uhr an einem Sonntag nachmittag, die Welt wurde langsam dunkel, und ich versuchte, mir einzureden, daß es nicht mehr viele solcher Nachmittage geben würde, Nachmittage, an denen ich mich mit meinem Keyboard unter dem Arm von einem hoffnungslosen Engagement zum nächsten schleppte, während der Ehrgeiz, der mich hätte antreiben sollen, als bloße Erinnerung wie eine schwere Last in meinem Kopf verankert war. All das würde anders werden. Ich dachte zwar nicht, daß das Band, das wir machen wollten, je eine Plattenfirma beeindrucken würde (wenn es überhaupt bis in eine Plattenfirma kam): The Alaska Factory hatte ich mehr oder weniger abgeschrieben. Aber ich war davon überzeugt, daß es Madeline beeindrucken würde, und ich war ebenfalls davon überzeugt, daß ich mit der Aussicht, sie zu heiraten, ein neues Verantwortungsgefühl empfinden würde, das mich dann vielleicht dazu bringen könnte, ernsthafter und vernünftiger über meine berufliche Karriere nachzudenken.

Seltsamerweise denke ich einigermaßen gern an diese Aufnahmesession zurück. Daß Jake und Martin nicht dabei waren und auch keine Ahnung davon hatten, versetzte uns in eine verschwörerische Stimmung und sorgte für eine heitere Atmosphäre, die ich normalerweise nicht mit den Thorn Bird Studios in Verbindung bringe. Den einzigen richtigen Streit hatten wir ganz zu Anfang, und zwar wegen der Veränderungen, die ich am Text vorgenommen hatte. Zunächst wollte Harry einfach nicht glauben, daß es mein Ernst war, aber ich hielt ihm entgegen, es sei schließlich seine Idee gewesen, daß ich Madeline einen Heiratsantrag machen sollte, und außerdem mußte er zugeben, daß der Song in der neuen Fassung weitaus eingängiger war.

Zum Beispiel lautete die zweite Hälfte jetzt:

Madeline
You look at me without a murmur

The time has come
To make the bond between us firmer

I'll give you every token
Precious gifts from out of Araby
Why am I heartbroken?
Oh Madeline, will you marry me?

Und dann kam ein neuer Refrain:

Because I hope every day
You will hold me in your arms
And I want you to say
I should guard you from all harms
All I want from this world
Is to take you by the hand
If you'll just say the word
We can find our promised land.

Harry schüttelte den Kopf.

»Das kann ich nicht singen«, sagte er immer wieder. »Ich kenn die Frau doch nicht mal.«

Trotzdem hatte ich ihn bald dazu überredet.

Wie immer hatten wir an Vincent reichlich wenig Freude. Wahrscheinlich war es unser Fehler gewesen, daß wir ihn gleich zu Anfang gegen uns aufgebracht hatten. Ich hatte nicht widerstehen können, die Platte von den Dwarves of Death mitzubringen, nur um zu beweisen, daß er unrecht gehabt hatte. Seine anfängliche Reaktion war mürrischer Unglaube; er nahm mir die Schallplatte aus der Hand und sagte, er wolle sie sich genauer ansehen. Ich mag keine Menschen, die es nicht ertragen, in einer Streitfrage den kürzeren zu ziehen. Danach redete er kaum noch mit uns, saß einfach hinter seiner Glasscheibe und las in einer alten Ausgabe von »Midi Mania«, während er gelegentlich die Auf- und Abblendregler nachstellte. Als wir ihn hinterher fragten, wie es geklungen hatte, sagte er: »Genial. An eurer Stelle würde ich sofort bei EMI anrufen. Wer von euch wird sich die goldene Schallplatte denn an die Schlafzimmerwand hängen? Oder teilt ihr euch ein Schlafzimmer? Ha, ha, ha!«

Dann passierte etwas Eigenartiges: Als wir ihn baten, uns die Schallplatte zurückzugeben, konnte er sie nirgends finden. Er behauptete, sie mit nach oben genommen und auf seinem Schreibtisch liegengelassen zu haben, und jetzt sei sie nicht mehr da.

»Typisch!« sagte er. »Wie konnte ich nur so leichtsinnig sein, hier irgendwas rumliegen zu lassen. Bei dem Gesindel, das hier verkehrt. Alles Gauner, die meisten jedenfalls.«

»Aber die Platte gehört mir nicht mal«, sagte ich. »Sie gehört einem Freund von mir. Und sie ist eine echte Rarität.«

Der Gedanke daran, was Derek wohl sagen würde, wenn er erfuhr, daß ich sie verloren hatte, jagte mir Panik ein. Aber Vincent interessierte das überhaupt nicht, und zu allem Übel berechnete er uns für die Session das Doppelte von dem, was wir erwartet hatten.

»Euer Manager hat mir nichts davon erzählt«, sagte er, »deshalb muß ich euch den normalen Tarif berechnen.«

»Der Mann ist ein absoluter Scheißkerl«, sagte Harry, als wir wenige Minuten später in einem Imbiß nicht weit von der London Bridge saßen und fettige Wurst mit Pommes aßen. »Würde mich nicht wundern, wenn er die Platte selbst geklaut hätte. Wahrscheinlich weiß er genau, wieviel sie auf dem Sammlermarkt wert ist.«

Ich nickte und spießte eine widerspenstige Fritte auf, bevor ich sagte: »Da fragt man sich doch, was man von Chester halten soll, findest du nicht?«

»Wie meinst du das?«

»Na ja, wieso kommt Chester mit dem klar? Wie kommt jemand dazu, so gute Geschäftsbeziehungen zu so einem Typen zu unterhalten?«

»Das zeigt aber doch, daß er ein guter Manager ist, oder? Wenn man in der Lage ist, sich mit den unterschiedlichsten Leuten gut zu stellen.«

Ich dachte darüber nach und schüttelte den Kopf.

»Nein, da steckt mehr dahinter.« Ich klopfte entnervt mit meiner Gabel auf den Tisch. »Irgendwas läuft da in den Studios, und ich weiß einfach nicht, was. Du kennst doch Karla, die Frau hinter der Theke im White Goat?«

»Ja, und?«

»Sie traut Chester nicht über den Weg. Sie sagt, sie sieht ihn ständig im Pub, mit lauter merkwürdigen Gestalten. Und letzten Sonntag, kurz nach unserer ... Diskussion, kam dieser Typ rein. Paisley heißt er und ist Leadsänger in der anderen Band, die Chester managt. Und er brauchte wohl dringend einen Schuß oder so. Jedenfalls sind sie zusammen rausgegangen.«

»Glaubst du, Chester versorgt ihn mit Stoff?«

»Kann sein. Und wenn Chester in der Szene mitmischt, was ist dann mit Vincent? Was für eine Rolle spielt der dabei?«

»Jetzt mach aber mal halblang, Bill. Vincent ist bloß ein mieser, kleiner Scheißkerl, mehr nicht. Ich glaube nicht, daß er bei irgendwelchen zwielichtigen Sachen seine Hand im Spiel hat.«

»Und was treibt er in Studio B? Du kannst mir doch nicht erzählen, daß das wirklich ein Probenraum ist. Keiner darf auch nur in die Nähe von dem Raum.«

Er aß weiter. »Tut mir leid«, sagte er. »Keine Ahnung, was du meinst.«

Ich beugte mich vor und sagte im eindringlichsten Flüsterton: »Ich hab hinter der Tür *Stimmen* gehört, Harry. Da bin ich ganz sicher.«

»Wenn du mich fragst, geht deine Phantasie mit dir durch. Jedenfalls geht dich das alles nichts an, und je weniger ich darüber weiß, was der Typ in seiner Freizeit treibt, desto zufriedener bin ich. Im Moment interessiere ich mich mehr für das hier.«

Aus seiner Jackentasche holte er das Band mit der neuen Version von »Madeline (Stranger in a Foreign Land)«.

Ich lächelte.

»Wie ist es geworden?«

»Ziemlich gut. Teuflisch gut. Wahrscheinlich das Beste, was wir je gemacht haben.«

Das war auch meine Meinung, aber es war beruhigend, es bestätigt zu bekommen. Mit dem Drum-Computer hatten wir endlich genau den Rhythmus zustande gebracht, den wir wollten, mit einigen zusätzlichen Effekten wie Shaker und Händeklatschen, und Harry hatte noch ein funkiges Gitarrenpattern reingenommen, das gegen den Schlagzeugrhythmus lief. So wirkte der ganze Song lebendiger und entschlossener. Der neue Text war leichter zu singen, und Harry hatte den Gesangspart ohnehin ein wenig abgeändert, damit er ihn hinkriegte. Das Ergebnis war sehr viel besser als unsere andere Aufnahme.

»Ich kauf morgen ein paar Kassetten und lasse ein Dutzend Kopien ziehen«, sagte er. »Ich war schon in der Drukkerei wegen der Inlay cards. Ich kann sie morgen abholen.«

»Was steht denn drauf?«

»Nur wer in der Band mitspielt und Vincent als Produzent und eine Telefonnummer.«

»Wessen Telefonnummer?«

»Deine. Du hast als einziger von uns einen Anrufbeantworter.«

»Okay. Dann hätte ich gern so bald wie möglich zwei Kopien.«

»Zwei?«

»Na ja, eine für mich und eine ...«

Ich sprach es nicht aus, und Harry war so nett, mich deshalb nicht aufzuziehen. Er sagte nur mit einem freundlichen Lächeln: »Viel Glück.«

Es war diesmal nicht ganz Mitternacht, als ich nach Hause kam, und ausnahmsweise war Tina wach. Aus der Küche fiel Licht, und sie saß am Tisch, mit dem Rücken zur Tür.

»Hallo«, sagte ich angenehm überrascht.

Sie antwortete: »Hallo, William«, ohne sich umzudrehen. »Ich wollte dir gerade einen Zettel schreiben, aber jetzt kann ich mir das ja sparen.«

»Oh. Irgendwas Wichtiges?«

»Nur, daß du mir noch immer die Miete schuldest und daß ich was von deiner Milch getrunken habe. Du hast doch nichts dagegen, oder?«

»Nein, überhaupt nicht.«

Es war das erste Mal seit Wochen, daß wir miteinander sprachen. Es kam mir absurd vor, daß wir uns so wenig zu sagen haben sollten.

»Kommt Pedro heute nacht?« fragte ich.

»Er war schon da.«

»Oh.«

Tina stand auf und zog mit einer langsamen, vorsichtigen Bewegung ihren grünen Bademantel fester zu.

»Ich geh schlafen.«

Sie ging rasch an mir vorbei, und keiner von uns sagte gute Nacht. Ihr Gesicht war voller Prellungen, ihr Hals rot von Würgemalen.

Tonartenwechsel

So, goodbye
please stay with your own kind
and I'll stay with mine

Morrissey,
»Miserable Lie«

So, nun zurück zu besagtem Abend. Zum Mordabend, meine ich. Ich habe mich, solange ich konnte, davor gedrückt, aber jetzt habe ich euch alles erzählt, bis auf das Ende. Besonders versessen bin ich, ehrlich gesagt, nicht darauf. Ich habe in letzter Zeit versucht, die Ereignisse zu vergessen – nicht so sehr wegen der Details, die zugegebenermaßen ein wenig unangenehm sind, sondern weil ich Angst davor habe, mich an den psychischen Zustand zu erinnern, in dem ich mich befand. Ich hoffe bei Gott, daß mir dergleichen nicht noch einmal widerfährt. Ich werde mich bemühen, bei der folgenden Schilderung nicht zu übertreiben und mich so genau wie möglich auszudrücken. Und ihr müßt meine Worte annehmen und wirklich darüber nachdenken. Denn an jenem Abend hatte ich das Gefühl – und es ist das schrecklichste, das schlimmste Gefühl, das ich kenne –, daß mir eine ganze Welt aus den Händen glitt.

Was mich wirklich überraschte, das einzige, womit ich bei meinem Gefühl von Grauen nie gerechnet hätte (schließlich hatte ich es noch nie zuvor empfunden), war, wie furchtbar traurig es mich machte. Ich saß da im Bus, und ich schwöre euch, ich mußte all meine Kraft zusammennehmen, um nicht in Tränen auszubrechen. Mir war, als würde ich mich von so vielem verabschieden. Alles, worauf ich in den letzten paar

Jahren hingearbeitet hatte, hatte sich als unsinnig erwiesen. Nicht bloß die Musik, nicht nur die Anstrengungen, die ich auf mich genommen hatte, um in London zu leben. Sogar der simple Seelenfrieden, dessen sich die anderen Fahrgäste an jenem Abend erfreuten, wurde mir jetzt verwehrt. Das einzige, was ich in meinem Leben als sicher vorausgesetzt hatte – nämlich daß es stets von gesundem Verstand und Normalität getragen werden würde –, war mir nichts, dir nichts zunichte gemacht worden.

Noch während mir das alles klar wurde, fielen mir immer mehr Einzelheiten des Mordes ein. So erinnerte ich mich beispielsweise, daß der Wagen der Zwerge losgefahren war, *bevor* die Türen ins Schloß fielen. Es mußte also noch jemand bei ihnen gewesen sein. Sie mußten einen Komplizen gehabt haben.

Und dann die Schallplatte. Es war eine merkwürdige, aber unbestreitbare Tatsache, daß das Foto auf der Plattenhülle – die Körperhaltung der beiden Zwerge, wie sie dastanden und stur geradeaus blickten, gesichtslos, teilnahmslos – auf unheimliche Weise an Paisleys Mörder erinnerte. Doch sobald ich versuchte, weiterzudenken und zu überlegen, wie sich diese Anhaltspunkte zusammenfügen ließen, drehte sich alles, und ich wußte einfach nicht, wo ich ansetzen sollte. Das Ganze widersprach jeder Logik.

Es brachte ohnehin nichts, Detektiv spielen zu wollen. Es war nicht meine Aufgabe, herauszufinden, was hinter dieser verrückten Sache steckte – wer wen umbringen wollte und warum und in was für illegale Machenschaften sie alle verstrickt waren. Ich war schließlich nur Musiker. Mein Geschäft waren erste Inversionen und augmentierte Quarten, nicht Crack oder Heroin, und ich hatte bisher nicht mal ein Knöllchen bekommen und war noch nie dabei erwischt worden, Fernsehen zu gucken, ohne die Gebühren bezahlt zu haben. Und zum Dank für dreiundzwanzig Jahre gewissenhafte Gesetzestreue sollte mein Leben nun auf einen Streich durch eine Handvoll Leute zerstört werden, die ich kaum kannte und mit denen ich nichts zu schaffen hatte.

Ich schloß die Augen und versuchte, so zu tun, als würde das alles nicht passieren. Eine Weile war mein Kopf wie leer, und als mein Verstand einige Minuten später wieder einsetzte, bewegten sich meine Gedanken in eine ganz andere Richtung.

Ich erinnere mich, zu Beginn dieser Geschichte erwähnt zu haben, daß ich, als ich mit Chester durch Islington fuhr, auf etwas aufmerksam wurde. Während ich neben ihm im Wagen saß, wurde mein Blick von den erhellten Fenstern georgianischer Reihenhäuser angezogen: Küchen und Eßzimmer in goldenem Lampenschein, in dem Familien das Abendessen zubereiteten und sich vor dem Essen Drinks einschenkten. Hatte ich mich da schon von diesen häuslichen Idyllen ausgeschlossen gefühlt, dann jetzt erst recht – aber während ich mich daran erinnerte und der Bus Gott weiß wohin fuhr, stieg in mir dennoch eine Phantasie hoch. Warum sollte es mir nicht vergönnt sein, so zu leben? Warum sollte ich mich von diesen sinnlosen, willkürlichen Umständen unterkriegen lassen? Ich hatte eine Freundin, die in einem schönen Haus wohnte. Es gab keinen Grund, nicht den geringsten Grund auf Erden, warum ich den Abend nicht mit ihr verbringen sollte.

Zum erstenmal blickte ich aus dem Fenster des Busses und erkannte die Gegend sofort: Wir fuhren in Richtung Kensington.

Madeline hatte keinen Versuch unternommen, sich mit mir in Verbindung zu setzen, seit ich ihr das Band geschickt hatte. Na und? War das etwa nicht verständlich? Sie war sicher erstaunt, überwältigt, verblüfft gewesen, als ihr klar wurde, daß meine Absichten weitaus ernster waren, als sie gedacht hatte. Es war sogar denkbar, daß sie nicht wußte, ob sie meinen Antrag annehmen sollte oder nicht. Sehr wahrscheinlich brauchte sie eine Gelegenheit, um mit mir darüber zu sprechen, von Angesicht zu Angesicht.

148

Und wenn ich jetzt bei ihr vorbeischaute, mit einer Flasche Champagner vielleicht? Einer Flasche Champagner und einem Blumenstrauß? Einer Flasche Champagner, einem Blumenstrauß und einer Schachtel belgischer Pralinen? Überhaupt wäre das sicherer, als zurück zu meiner Wohnung zu fahren, denn niemand wußte von meiner Verbindung zu Madeline (abgesehen von Tony und Harry, und nicht einmal die hatten auch nur die leiseste Ahnung, wo sie wohnte). Ich könnte tagelang bei ihr bleiben, und niemand würde mich je finden. Ich könnte zu ihr gehen, beladen mit Geschenken, und ihr erzählen, was passiert war. Sie würde mich trösten, und dann könnten wir ein langes, ernstes Gespräch über unsere Beziehung führen. Wir würden noch rasch zu dem Supermarkt gehen, der die ganze Nacht aufhatte, würden Tagliatelle oder Rigatoni oder so kaufen, zusammen kochen und uns dann bei einem Glas Rotwein hinsetzen und ernsthafte Zukunftspläne schmieden. Schließlich, gegen Mitternacht, wäre es Schlafenszeit. Wir würden verstohlene Blicke in die Ecke des Zimmers werfen, verlegen behaupten, wir müßten jetzt wohl eine Gästematratze und ein paar Decken holen, aber keinem von uns wäre es damit ernst. Ich würde noch immer unter Schock stehen und den Gedanken nicht ertragen, allein zu schlafen, und Madeline würde das spüren, ganz instinktiv. Sie würde mich sanft zum Bett ziehen. Ich würde auf dem Bett sitzen, und sie würde vor mir stehen, ihre Hände auf meine Schultern legen und mich mit ihren ernsten grauen Augen anblicken. Dann würden wir das Licht bis auf die Nachttischlampe ausmachen und ...

Verdammt, wo konnte ich so spät abends noch eine Schachtel belgische Pralinen auftreiben?

Zumindest in den nächsten Minuten lief alles zu meinen Gunsten. Ich stieg in South Kensington aus dem Bus und entdeckte einen Getränkeladen, der auch Pralinen verkaufte. Ein paar Häuser weiter ließ ein Blumenhändler gerade die

Rolläden herunter. Ich überredete ihn, mich noch hineinzulassen, und erhielt für drei Pfund fünfzig einen kleinen Strauß mickriger Nelken. Obwohl es noch nicht sonderlich spät am Abend war, hatte ich das Gefühl, mich wahnsinnig beeilen zu müssen, und ich rannte den ganzen Weg bis zu Mrs. Gordons Haus. Bevor ich klingelte, mußte ich mich kurz gegen die dicke Eichentür lehnen, um wieder zu Atem zu kommen.

Hier, fern vom West End, fernab vom Verkehr und bis auf vereinzelte Fußgänger praktisch ohne jegliche Spur menschlichen Lebens, war es unglaublich ruhig. Ein dünner, eisiger Dunst hing in der Luft und vermischte sich beim Ausatmen mit meinem Atemhauch. Die Sicht war schlecht. Wenn jemand auf mich zugekommen wäre, hätte ich seine leisen Schritte auf dem Asphalt schon längst gehört, bevor er tatsächlich aus der Dunkelheit aufgetaucht wäre. Ich konnte kaum die hohe Hecke auf der anderen Straßenseite erkennen.

Mrs. Gordons Haus lag im Dunkeln, in der tiefsten Dunkelheit. Ich konnte sofort sehen, daß Madeline nicht zu Hause war, aber ich klingelte trotzdem. Wie ihr vielleicht schon bemerkt habt, arbeitete mein Verstand an dem Abend nicht sehr logisch. Zunächst passierte gar nichts, und ich dachte schon, es wäre niemand im Haus. Ich klingelte erneut, zweimal. Nichts. Was war mit der Köchin? War sie etwa auch nicht da? Es konnte doch nicht sein, daß alle ihre Sachen gepackt und weggezogen waren, ohne daß Madeline es mir erzählt hätte. Ich klingelte wieder, lange und hartnäckig.

Nichts läßt die Stille um einen herum so absolut erscheinen wie ein einziges lautes Geräusch. Wenn man auf dem Land ist und ein Hund mitten in der Nacht bellt, betont das Geräusch die Stille, so daß man sie um so schärfer hört. Ähnlich war es, als ich aufhörte zu klingeln. Es wurde plötzlich so still um mich herum, daß ich meinte, der Dunst hätte sogar das in London herrschende unaufhörliche Summen erstickt. Ich stand da und wartete, spürte, wie mir die Verzweiflung langsam in die Knochen kroch, ebenso wie die Kälte. Ich zitterte und drückte die Plastiktüte mit meinen Geschenken fest an mich. Ab und zu trat ich vom Haus zurück und blickte hinauf zu den dunklen, von Vorhängen verdeckten Fenstern.

Auf einmal ging ein Licht an. Es war im ersten Stock. Kurz darauf konnte ich sehen, wie sich hinter einem Vorhang ein Schatten bewegte. Ich ging zur Tür und klingelte erneut, drückte vier- oder fünfmal auf den Knopf. Nur so konnte ich mich davon abhalten, laut zu schreien.

Wieder geschah eine Zeitlang gar nichts. Schließlich, nachdem ich noch ein halbes dutzendmal geklingelt hatte und die Treppe zur Haustür rauf- und runtergelaufen war, um zu sehen, was oben im Gange war, ging ein weiteres Licht an. Diesmal war es das Licht in der Diele, das durch ein Fenster über der Haustür fiel. Ich kletterte auf das Geländer und streckte mich, so daß ich gerade eben durch die Scheibe schauen konnte. Ich sah eine kleine, zerbrechliche alte Frau, die sich unsicher auf einen Holzstock stützte, langsam die imposante Treppe herabkommen. Sie trug einen dicken, blaßblauen Morgenmantel. Ich sprang schnell wieder runter, damit sie mich nicht sah und ich ihr mit meinem wilden Blick keine Angst einjagte. Albernerweise versuchte ich, meinen Mantel zu glätten und die Haare nach hinten zu streichen, um meine Erscheinung in letzter Minute noch ein wenig zu verbessern. Es war vergebliche Liebesmüh, denn ich sah nach wie vor aus wie ein entlaufener Irrer.

Ich konnte hören, wie die alte Dame auf der anderen Seite der Tür mit ihren Pantoffeln über den Fußboden schlurfte und ihr Gehstock leise auf den Marmor schlug. Den Geräuschen nach zu urteilen, war sie jetzt direkt an der Tür. Die Klappe des Briefschlitzes wurde hochgeschoben, und eine dünne Stimme erklang:

»Wer ist denn da? Was wollen Sie?«

Um möglichst zivilisiert und beruhigend zu klingen, sagte ich: »Mein Name ist William. Ich möchte mit Madeline sprechen.«

»Madeline ist nicht da. Bitte gehen Sie.«

»Ich bin ein Freund von ihr. Ein sehr guter Freund. Ich war schon mal hier, mehrmals. Ich muß mit Madeline sprechen.«

Sie schwieg kurz, und ich dachte schon, sie hätte kehrtgemacht und würde wieder die Treppe hochgehen, doch dann hörte ich, wie ein Riegel zurückgeschoben wurde und ein Schlüssel sich im Schloß drehte. Die Tür schwang auf, und Mrs. Gordon stand vor mir. Sie war sehr klein und mußte hochblicken, um mein Gesicht zu studieren.

»Wieso?« sagte sie.

Eine Erklärung war natürlich unmöglich.

»Es ist was Privates.«

»Madeline ist ein sehr nettes Mädchen«, sagte Mrs. Gordon, öffnete die Tür etwas mehr und ließ mich herein. »Ich mag sie sehr. Sie sagen, Sie sind ein Freund von ihr. Ich hoffe, Sie haben sie nicht in Schwierigkeiten gebracht.«

Sie beäugte mich mißtrauisch. Ich konnte es ihr kaum verübeln.

»Nein«, sagte ich. »Keine Sorge.«

»Sie ist heute abend ausgegangen«, sagte sie. »Sie können nicht auf sie warten, weil sie vermutlich erst spät nach Hause kommt.« Dann fragte sie: »Sagten Sie nicht, Sie sind ein *enger* Freund von Madeline?«

»Ja.«

»Wissen Sie, was heute für ein Tag ist?«

Die alte Schachtel war also offenbar senil. Dennoch fand ich nichts dabei, auf ihre Schrulligkeit einzugehen.

»Heute ist Samstag«, sagte ich.

Sie fixierte mich mit einem überaus bohrenden Blick.

»Hören Sie ...« In ihrer Nähe war mir unbehaglich zumute, und ich wollte möglichst schnell weg. »Ich möchte Sie wirklich nicht länger stören. Wissen Sie vielleicht, wo sie ist?«

»Sie ist bei ihrem Freund.«

»Ihrem Freund?«

»Sie wissen doch, ihr Freund. Piers.«

»*Piers?*«

Sobald ich den Namen hörte, packte mich kalte Wut, während alle nur erdenklichen unterdrückten Befürchtungen und Ahnungen aus den dunkelsten Winkeln meines Hirns auftauchten, wo sie seit Monaten gelauert hatten.

»Wo wohnt der?«

»Ich habe keine Ahnung.«

»Dieser *Scheißkerl*!«

Mrs. Gordon hob ihren Stock und piekte mir damit in den Bauch.

»Ich verbitte mir solche Ausdrücke in meinem Haus.«

»Wenn dieser Scheißkerl ... Wenn sie und dieser verdammte Scheißkerl ...«

»Sie gehen wohl besser. Sofort.«

»Ich weiß ... ihr Adreßbuch!«

Ich schob mich an Mrs. Gordon vorbei und lief zur Treppe.

»Wagen Sie es nicht, da hochzugehen!« rief sie. »Ich hole die Polizei.«

Doch ich war schon auf der Treppe, und wenige Sekunden später stand ich in Madelines Zimmer. Im Nu hatte ich ihr Adreßbuch gefunden, das sie stets neben dem Telefon liegen hatte. Ich dachte mir, daß sie zu den Leuten gehörte, die ihre Freunde unter dem Vornamen und nicht unter dem Familiennamen notierte. Tatsächlich, da stand Piers, unter P. Ich prägte mir die Adresse ein und wollte das Buch schon wieder zuklappen, als ich aus irgendeinem Grund nicht anders konnte, als unter W nachzuschauen.

Madeline hatte eine schöne Handschrift, keine Frage. Sie

hatte meinen Namen in Großbuchstaben geschrieben, mit rotem Filzstift, und darunter stand die Adresse von Tinas Wohnung und meine Telefonnummer. Mir schossen bei diesem Anblick Tränen in die Augen. Und dann sah ich mich in ihrem Zimmer um, das mir so vertraut war und mir jetzt so fremd vorkam, weil Madeline nicht da war und weil alles sich mit einem Mal verändert hatte. Der Mord, den ich in Islington mit angesehen hatte, erschien mir jetzt unbedeutend im Vergleich zu den Verdächtigungen, die mich plötzlich geballt ansprangen, und es war bald zu quälend, einfach dazusitzen, bedrängt von Erinnerungen, die ich nicht an mich heranlassen wollte. Ich fluchte, rappelte mich auf und lief wieder nach unten.

Mrs. Gordon stand am Telefon in der Diele, mit dem Rükken zur Wand.

»Ich habe die Polizei angerufen«, sagte sie. »Sie ist schon auf dem Weg hierher.«

Ich sagte nichts und ging schnurstracks an ihr vorbei. Ich knallte die Tür hinter mir zu und ging dann durch die kalte Londoner Nacht in Richtung von Piers' Wohnung. Die Tüte mit Pralinen, Blumen und Champagner hatte ich noch immer dabei.

Erst sehr viel später am Abend machte ich mir bewußt, was für eine Dummheit ich begangen hatte. Mir hätte kaum ein besserer Weg einfallen können, mich noch mehr zu belasten, als der, in das Haus einer alten Dame einzudringen und sie derart in Angst und Schrecken zu versetzen, daß sie die Polizei rief und ihr (sehr wahrscheinlich) eine Beschreibung von mir lieferte, die haargenau mit der übereinstimmte, die ihnen bereits vorlag. Wie ein Fisch im Netz hatte ich gezappelt und gekämpft und nichts anderes erreicht, als mich nur noch schlimmer zu verfangen. Ich kann nur noch einmal sagen: Glaubt mir, in solchen Situationen denkt man nicht an so was.

Ich weiß nicht, was ich überhaupt dachte, als ich durch die

wohlhabenden, gleichmütigen Straßen von South Kensington ging, über die Fulham Road und weiter durch Chelsea in Richtung World's End. Sobald ich ungefähr in der Gegend war, mußte ich nach dem Weg fragen, doch schon bald hatte ich die Adresse gefunden. Ich stand vor einem hohen, schmalen Reihenhaus, das im Dunkeln lag. Nur der zweite Stock war hell erleuchtet, und von dort drangen Stimmen und laute Diskomusik auf die Straße. Offenbar war eine Party im Gange.

Augenblicklich faßte ich neuen Mut. Wenn Piers eine Party gab, dann hatte er sicherlich auch Madeline eingeladen. Und da wir an dem Abend keine Verabredung hatten, war sie natürlich hingegangen. Vielleicht hatte ich vorschnell einen völlig falschen Schluß gezogen. Vielleicht war mein Wunschtraum von einem Abend allein mit Madeline ja doch noch nicht ausgeträumt.

Ich klingelte, und gleich darauf kam eine gutgekleidete junge Frau und ließ mich herein.

»Ich bin ein Freund von Madeline«, sagte ich. »Ich möchte zur Party.«

»Klar. Komm rein.«

Sie bedachte mich mit einem merkwürdigen Blick, was ich auf mein Äußeres zurückführte. Mein Regenmantel war schon zu besseren Zeiten schmutzig und zerknittert gewesen, und jetzt gab ich mit meiner Plastiktüte und den zerzausten Haaren bestimmt eine reichlich sonderbare Figur ab. Ich folgte ihr zwei Treppen hoch, dann ließ sie mich in der Diele einer kleinen Wohnung stehen, in der sich viele Leute drängten, während sie Madeline suchen ging.

»Wirf deinen Mantel in eins von den Schlafzimmern«, sagte sie, »und stell die Flasche in den Kühlschrank. Ich hol nur eben Madeline.«

Ich blieb, wo ich war. Keiner der anderen Gäste machte Anstalten, sich mir vorzustellen. Sie alle schienen Namen wie Jocasta oder Jeremy zu haben, und sie trugen Outfits,

die sicherlich mehr gekostet hatten, als ich für meine Garde-
robe im ganzen Jahr ausgeben würde. Sie machten einen großen Bogen um mich und warfen mir aus argwöhnischen,
amüsierten Augen verstohlene Blicke zu, die mir die Röte ins
Gesicht trieben.

Kurz darauf tauchte Madeline auf. Sie sah einfach wunderschön aus. Sie trug ein Partykleid aus marineblauem
Samt, das vorne und hinten einen tiefen, tiefen V-Ausschnitt
hatte, und eine Kette aus winzigen Perlen um den Hals. Sie
sah blaß aus, gesund und glücklich. Sobald sie mich sah,
machte sie ein langes Gesicht.

»William?« sagte sie. »Meine Güte, was machst du denn
hier?«

Ich eilte zu ihr, stellte die Tüte hin und wollte sie umar-
men.

»Oh, Madeline, du glaubst ja nicht, was ich heute durchgemacht habe. Ich muß ...«

Sie schob mich weg.

»Herrgott noch mal, William, was machst du denn? Doch
nicht hier.«

Wir standen uns gegenüber. Sie blickte mich vorwurfsvoll
an.

»Ich hab dir was mitgebracht«, sagte ich.

Ich zog die eingedrückte Schachtel Pralinen und die Blumen aus der Tüte, die mittlerweile reichlich mitgenommen
aussahen. Zwei von den Nelkenblüten waren ganz abgebro-
chen. Sie lächelte, als sie mein Geschenk sah, aber es war ein
mitleidiges Lächeln, eins, auf das ich gut hätte verzichten
können.

»Woher weißt du es?« fragte sie.

»Weiß ich was?«

Ihr Lächeln wurde breiter.

»Daß ich Geburtstag habe natürlich.«

Ich umfaßte die Pralinenschachtel fester und wollte etwas
sagen, brachte aber zunächst kein Wort über die Lippen. Ich

mußte an Mrs. Gordons merkwürdige Frage denken: Wissen Sie, was heute für ein Tag ist?

»Das hier ist ... *deine* Geburtstagsparty?«

»Natürlich. Piers war so lieb, mir seine Wohnung zur Verfügung zu stellen. Woher hast du die Adresse?«

Bevor ich antworten konnte, erschien Piers persönlich. Er legte seinen Arm um Madelines Taille und sagte: »Schatz, Charles legt gerade die neue Kassette ein. – Ach, kennen wir uns schon?«

Unsere Blicke trafen sich, und ich wandte als erster die Augen ab. Madeline drehte sich ihm zu, legte eine Hand auf seine Schulter und sagte: »Nein, es ist gerade kein so guter Zeitpunkt, sie zu spielen. Nimm sie bitte raus, ja? Schnell.«

Aber es war zu spät. Aus dem Nebenraum konnte ich die vertrauten Anfangstakte von »Stranger in a Foreign Land« hören: hohe, helle Akkorde auf dem Keyboard, Shakers, die das Tempo und die Stimmung vorgaben, und die kräftige, getragene Melodie des Saxophons.

»Wieso denn?« sagte Piers gerade. »Ich find die toll.«

Ich drängte mich an ihm vorbei und blieb in der Tür des Raums stehen, sah zu, wie die anderen Gäste zu meiner Musik tanzten. Unwillkürlich empfand ich trotz allem eine gewisse bittere Genugtuung, als ich sah, wie gut sich »Stranger in a Foreign Land« als Partymusik machte. Wenn die anderen Mitglieder von The Alaska Factory dagewesen wären, hätte ich zu ihnen gesagt: »Da könnt ihr mal sehen.« Aber jetzt wäre das nur noch ein schaler Triumph gewesen. Es interessierte mich schon nicht mehr.

Madeline berührte mich am Arm und sagte: »William, können wir miteinander reden? Komm, wir gehen in eins der Schlafzimmer.«

Ich blickte an ihr vorbei, hörte nur mit einem Ohr zu. Dieser Wechsel von D-Dur zu F: wirklich gelungen. Vor einem Jahr hätte ich so etwas noch nicht schreiben können.

»Hör zu – ich hab gedacht, du wüßtest, was ich neulich

abend gemeint habe. Als ich sagte, daß ich eine Veränderung will. Und dann hab ich nichts mehr von dir gehört, also hab ich gedacht ... na ja, du hättest verstanden.«

»Aber ich hab dir diesen Song geschickt.«

»Ja, ich weiß, aber ... den hast du doch bestimmt vor einer Ewigkeit geschrieben, oder?«

»Nein, letzte Woche.«

Sie folgte mir, als ich zur Tür ging.

»Weiß Piers, daß ich den Song geschrieben habe?« fragte ich. »Hat er auf den Text geachtet?«

Sie schüttelte den Kopf.

»Ich glaube nicht. Er interessiert sich nicht besonders für Musik.«

Mir kam etwas in den Sinn, womit ich hätte kontern können: Etwas in der Art, daß sie ja dann wie füreinander geschaffen seien. Aber ich sagte es nicht. Wenn ihr mich fragt, so gibt es für alles den richtigen Zeitpunkt und den richtigen Ort.

Manchmal bleibt einem nichts anderes übrig als der Versuch, gewisse Dinge aus dem Gedächtnis zu löschen. Was den Rest des fraglichen Abends betrifft, so ist mir das ganz gut gelungen, und es gibt nicht mehr viel zu erzählen. An eines erinnere ich mich allerdings genau, und zwar an die Kälte. So eine Kälte habe ich nie zuvor erlebt. Natürlich hätte ich irgendwo reingehen können, in ein Nachtcafé oder so oder ein Hotel, aber ich hatte einfach zu große Angst. Angst davor, gesehen zu werden. Ich ging in einen Park. Sehr wahrscheinlich waren es mehrere Parks, aber ich kann sie nicht mehr auseinanderhalten. Ich weiß noch, daß ich über Geländer kletterte, unter Büschen kauerte, von Säufern und Pennern angesprochen wurde und jedesmal schleunigst um mein Leben rannte. Ich weiß auch noch, daß ich weiter ins Stadtzentrum ging, das muß am frühen Morgen gewesen sein, und einen Bogen um die Menschenansammlungen machte, die auf den Nachtbus warteten, und daß ich die Taxifahrer, die auf Kundenfang waren, und die Bettler ignorierte, die mich (mich!) um Geld anhauten. Ich erinnere mich, daß ich zum Fluß ging und eine Zeitlang auf irgendwelchen Stufen saß. Stufen, die ins Wasser führten. Mir fehlen die Worte, um die Kälte zu beschreiben. Und dort – unten am Fluß – wurde es langsam hell. Ich sah zu, wie sich die schwächliche Morgendämmerung über der Themse ausbreitete. Ich trank eine ganze Flasche Champagner und aß eine ganze Schachtel belgische Pralinen. Zwei-, drei- oder vielleicht siebenmal mußte ich mich heftig übergeben.

Es ist ein seltsames Gefühl, sich einsam zu fühlen und gleichzeitig Angst davor zu haben, irgendwer könnte einen ansprechen. Ganz allmählich, nach zehn Stunden oder so, siegte allmählich die Einsamkeit. Ich hatte das verzweifelte Verlangen, einen Menschen zu sehen, und meine Lage erschien mir plötzlich so unerträglich, daß ich zum erstenmal erwog, mich der Polizei zu stellen. Vielleicht war es doch am besten, mir alles von der Seele zu reden. Wer weiß, vielleicht hatten sie die wahren Mörder ja inzwischen gefaßt, und ich stand gar nicht mehr unter Verdacht. Sie würden sich freuen, mich zu sehen, ich wäre ein wertvoller Zeuge, und statt einen endlosen Alptraum zu erleben, würde ich erfahren, daß die ganze Geschichte längst erledigt war, für immer und ewig. Oh Gott, wenn das doch nur wahr wäre.

Natürlich hatte ich nicht den Mut, allein zur Polizei zu gehen. Wenn ich mich stellte, brauchte ich jemanden, der mir half, jemanden, der mich begleitete und bereit war, meine Geschichte zu untermauern. Ich hatte nur einen verläßlichen Freund in London, der das für mich getan hätte, und es war viel verlangt. Sehr viel verlangt. Aber im Grunde hatte ich keine andere Wahl. Nicht, wenn man es realistisch betrachtete.

Ich brauchte weitere zwei Stunden, um zu Fuß zu Tonys Haus in Shadwell zu gehen. Ich hielt mich möglichst nahe

159

am Fluß und ging dann nach Norden, als ich meinte, auf der richtigen Höhe zu sein. Es war vermutlich kurz vor halb elf, als ich ankam. Tony und Judith hatten ein neues, recht modernes, kleines Haus in einer Siedlung. Eine Ewigkeit stand ich vor der Haustür, besorgt, was ich für einen Eindruck machen würde, sobald sie mich sahen, unfähig, die ganze Geschichte sinnvoll zusammenzufassen. Ich überlegte schon, ob ich wieder weglaufen sollte. Ich zögerte und zauderte und dachte nach und schwitzte und zitterte. Schließlich klingelte ich.

Fast im selben Moment öffnete Judith die Tür. Sie trug einen Mantel über ihrem elegantesten Outfit (soweit ich es erkennen konnte), und ihr Haar sah perfekt frisiert aus. Sie war alles andere als überrascht, mich zu sehen, sondern machte einen durchaus erleichterten Eindruck.

»William, da bist du ja!« sagte sie. »Wir waren schon ganz nervös. Den ganzen Morgen über haben wir dir Nachrichten auf den Anrufbeantworter gesprochen.« Bevor ich etwas sagen konnte, hatte sie sich umgedreht und rief die Treppe hoch. »Alles in Ordnung, Tony, er ist da!«

Tony kam die Treppe heruntergerannt. Er trug einen hellgrauen Anzug mit einer schmalen Krawatte.

»Judith war fest davon überzeugt, daß du es vergessen hast«, erklärte er. »Wir waren ein bißchen besorgt, weil wir dich den ganzen Abend nicht ans Telefon gekriegt haben. Wir dachten, du wärst vielleicht übers Wochenende weggefahren.«

»Nein, ich war ... gestern abend bei Madeline«, improvisierte ich, was ja nicht wirklich gelogen war. Ich hatte keinen Schimmer, worum es eigentlich ging.

»Komm mit in die Küche«, sagte Judith, »ich zeig dir, wo alles ist.«

Während ich ihr in die Küche folgte, fiel es mir schlagartig wieder ein. Es war Sonntag morgen, und ich sollte tagsüber auf Ben aufpassen, während die beiden zu ihrer Lunchparty gingen: das Versprechen, das ich vor über zwei Wochen gegeben hatte. Wie nicht anders zu erwarten, hatte ich es völlig vergessen.

»Im Kühlschrank ist Salat«, sagte Judith gerade, »und etwas Quiche. Bedient euch, wenn ihr Hunger habt, aber gib Ben keine Gurke, weil er das Zeug nicht anrührt. Frag mich nicht, warum. Er ist einfach in dem Alter. Er kann dir zeigen, wie der Videorecorder funktioniert, und wahrscheinlich will er mit dir ein paar von seinen Computerspielen spielen. Tee ist reichlich da, und Milch auch. Er trinkt seine Milch gern mit diesem Erdbeerzeugs drin. Ist ganz einfach, du mußt es bloß einrühren.«

Was sollte ich machen? Ich war drauf und dran gewesen, ihnen alles zu erklären – ihnen eine Kette von Ereignissen zu schildern, die absurder war, als ich sie mir je hätte ausdenken können, in der Hoffnung, daß sie mir glauben und eine Möglichkeit finden würden, mir zu helfen. Aber das ging jetzt nicht. Wieder einmal rissen mich die Umstände mit, trugen mich über den Lebensraum hinaus, wo Entscheidungen getroffen werden konnten und freier Wille waltete.

»Er ist gerade im Wohnzimmer«, sagte Judith. »Er weigert sich rauszukommen, wenn wir Besuch kriegen. Frag mich nicht, warum. Er macht gerade so eine Phase durch. Aber wenn du erst mal mit ihm ins Gespräch kommst, wirst du merken, daß er ganz umgänglich ist. Wenn er mit irgendwas nach dir schmeißt, gib ihm ruhig mal einen Klaps auf den Hintern. Das funktioniert meistens.«

Tony kam in die Küche und klimperte mit den Autoschlüsseln.

»Los, Schatz, wir sind schon spät dran.«

Judith holte ihre Handschuhe, und ich folgte den beiden zur Haustür.

»Du kannst gern das Klavier benutzen«, sagte Tony. »Ich glaube nicht, daß wir später als vier wieder da sind.«

»Kekse sind auch noch da«, sagte Judith.

»Hör dir ein paar Platten an, wenn du Lust hast«, sagte Tony.

»Im Schrank ist noch Bier«, sagte Judith.

»Viel Spaß«, sagte ich. Und dann waren sie fort.

Aus dem Wohnzimmer konnte ich ein Mischmasch aus leisen elektronischen Geräuschen hören, Knallen, Pfeifen und Blubbern, ein Zeichen dafür, daß Benjamin glücklich und zufrieden mit einem Videospiel beschäftigt war. Um mich zu vergewissern, steckte ich den Kopf durch die Tür.

»Hi«, sagte ich.

»Hallo.«

Ich glaube, Benjamin war mittlerweile etwa acht, ein niedliches Kind mit einem gesunden Gesicht und einem fröhlichen Temperament, und er zeigte bereits Anzeichen der Intelligenz seiner Eltern. Er wandte den Blick zwar keine Sekunde vom Bildschirm, aber ich hatte nicht das Gefühl, daß er unhöflich war.

»Ich gehe ein bißchen Klavier spielen.«

»Okay.«

Tony hatte ein wirklich schönes Klavier, das er bei einer Versteigerung im Royal College of Music oder so billig erstanden hatte. Ich hatte erst ein paarmal darauf gespielt, und selbst meine schlechtesten Improvisationen hatten ganz annehmbar geklungen. Mit anderen Worten, das Klavier einen ganzen Tag für mich zu haben war die reine Freude, doch sobald ich mich hinsetzte und den Deckel öffnete, geschah etwas Eigenartiges: Ich stellte fest, daß ich nicht spielen konnte. Selbst als ich die Finger auf die Tasten legte, einen Akkord wählte und tief Luft holte, brachte ich es nicht fertig, die Noten anzuschlagen. Ich versuchte es bestimmt ein dutzendmal. Ich dachte an Standardsongs, ich dachte an Urfassungen, ich dachte an klassische Stücke – aber es gelang mir einfach nicht, auch nur eines davon anzufangen. Es war alles zuviel. Der Mord, die Flucht vor der Polizei, die schreckliche Nacht in der Kälte, die Erkenntnis, daß ich Madeline niemals wiedersehen würde – all das belastete mich schon so lange, und ganz plötzlich klappte ich zusammen. Ich legte die Hände vors Gesicht und sackte nach vorn aufs Klavier, und obwohl ich nicht richtig weinte, erbebte mein Körper vor Schluchzen.

Ich glaube nicht, daß es lange gedauert hat. Der Anfall war bald vorüber, doch ich blieb weiter auf der Klaviatur liegen, fühlte mich sonderbar behaglich. Ich stand auf, als ich merkte, daß Ben hereingekommen war und mich anstarrte. Ich weiß nicht, wie lange er schon dagestanden hatte.

»Ich möchte spazierengehen«, sagte er ernst.

Sobald Ben in seinem kleinen Dufflecoat mit Wollmütze und Handschuhen warm eingepackt war, gingen wir nach draußen, und ich schloß die Haustür ab.

»Wohin möchtest du?« fragte ich.

»Zum Teich.«

Es war kein sehr guter Morgen für einen Spaziergang, fand ich. Erstens einmal war es viel zu kalt, und der Dunst von vergangener Nacht hatte sich noch immer nicht ganz aufgelöst. Natürlich hatte ich persönliche Gründe, warum ich mich nicht nach draußen wagen wollte, aber ein kurzer Ausflug, der Ben bei Laune halten würde, konnte sicherlich nicht schaden. Vielleicht half er sogar, mich zu beruhigen, zumal Klavierspielen (meine übliche Form von Therapie) offenbar im Augenblick nicht in Frage kam. Die Trostlosigkeit der Straßen von East London, die seltsame, diesige Kälte, die über der ganzen Gegend lag, paßten angenehm zu meiner Stimmung. Ich hatte das Gefühl, an jeder Ecke etwas Geheimnisvolles zu riechen, und ich genoß es, hier und da die wahllosen Geräusche eines Sonntagmorgens zu hören – anspringende Autos, schreiende Kinder – und zu sehen, wie der Nebel, weit in der Ferne, über die graue und ruhelose Themse waberte.

»Guck mal«, sagte Benjamin. »Ein Hundehaufen.«

Ich zog ihn von dem widerlichen Objekt weg, das er mit lebhaftem Interesse inspizierte, und hielt seine Hand, als wir weitergingen. Bald darauf kamen wir zu einer Kirche: die große, unschöne Kirche St. George In The East.

»Stimmt es«, sagte Benjamin, als wir daran vorbeigingen, »daß Verbrecher und Leute in eine Kirche gehen können und die Polizei sie da nicht fangen darf?«

Ich blieb stehen. Ich wußte nicht, ob das noch immer galt, obwohl ich mich erinnerte, daß mir vor vielen Jahren einmal dasselbe erzählt worden war. Kirchenasyl. Vielleicht ein rettender Strohhalm.

»Komm, wir gehen rein«, sagte ich.

Benjamin, der noch immer meine Hand hielt, schien nichts dagegen zu haben. Als wir uns dem Portal näherten, hörte ich von drinnen ziemlich schrägen Kirchengesang, doch der Gedanke, daß gerade ein Gottesdienst stattfand, schreckte mich höchstens ein paar Sekunden lang ab.

»Papa wird aber böse sein, wenn er hört, daß du mit mir in eine Kirche gegangen bist«, sagte Benjamin gutgelaunt.

»Wieso?«

»Er sagt, die Kirche ist eine bourgeoise Verschwörung, um die bestehende gesellschaftliche Ordnung zu bewahren.«

»Ach ja?« sagte ich ziemlich verblüfft. »Dein Papa sollte es dir wirklich selbst überlassen, dir über solche Dinge eine eigene Meinung zu bilden, finde ich. Wir gehen trotzdem rein.«

Wir kamen offenbar gerade rechtzeitig zur Kommunion. Die Kirche war halbvoll (überwiegend mit alten Leuten), und sie sangen »Immortal, Invisible«, wozu der Chor ausgefallene Harmonien beisteuerte, die offenbar den Rest der Gemeinde verwirren sollten. Ben und ich setzten uns in eine Bankreihe ziemlich weit hinten und konnten gerade noch die letzte Zeile mitsingen. Der Gottesdienst dauerte noch knapp zwanzig Minuten, aber ich glaube, keiner von uns beiden schenkte ihm größere Beachtung. Was ich vor so vielen Monaten zu Madeline gesagt hatte, war wahr gewesen: Ich hatte wirklich eine kurze Phase gehabt, in der ich zur Kirche ging, als ich noch um einiges jünger war (in dem Alter, in dem die meisten meiner Freunde ihre erste Freundin hatten – ich weiß nicht, warum das bei mir nicht so war), aber ich war nicht religiös veranlagt, und mein Glaube, wenn es denn einer war, verblaßte rasch und schmerzlos. Das einzige, was mir jetzt noch an Religion gefiel, war die Musik, die sie hervorgebracht hatte. Also ging ich nicht zur Kommunion wie die anderen Kirchenbesucher, und die meiste Zeit waren meine Gedanken von den Worten des Priesters weit entfernt: Wenn sie sich nicht gerade benommen um die Ereignisse der letzten vierundzwanzig Stunden drehten, konzentrierten sie sich – sonderbarerweise – auf Benjamin.

Er schien zwischen zwei verschiedenen Stimmungen zu schwanken und wirkte zugleich gelangweilt vom Gottesdienst und aufgeregt durch den Reiz des Neuen in dieser ungewöhnlichen Umgebung. Manchmal rutschte er nervös hin und her und ließ die Beine unruhig über den Rand der Bank baumeln, dann war er wieder zufrieden, einfach still an mich gelehnt dazusitzen und zur Decke hinaufzublicken oder die Mienen der anderen Leute zu betrachten, die von beinahe ekstatisch bis hin zu ausdruckslos und unaufmerksam rangierten. Das Gefühl, neben einem kleinen, vertrauensvollen und abhängigen Kind in einem Gottesdienst zu sitzen war (wie ich wohl kaum erwähnen muß) das Allerletzte, womit ich an diesem Morgen gerechnet hätte. Mir wurde klar, wie lange es schon her war, daß ich überhaupt mit einem Kind zusammengewesen war. Ich hatte sogar jeden Gedanken an Kinder aus dem Kopf verbannt. Hatte ich mir jemals vorgestellt, ohne es mir einzugestehen, wie es wäre, mit Madeline Kinder zu haben? Ich versuchte, ehrlich zu sein, durchforstete die geheimsten Winkel meines Gedächtnisses, wurde aber nicht fündig. Nein, der einzige Mensch, mit dem ich je über das Thema gesprochen hatte – und ich konnte mich jetzt an das Gespräch erinnern: schüchtern, ernst, ausgelassen –, war Stacey.

Benjamin und ich blieben sitzen, während die anderen Leute die Kirche verließen. Nach einigen Minuten hatten wir die Kirche für uns allein.

»Gehen wir denn nicht auch?« fragte er.

»Nein. Laß uns noch ein Weilchen bleiben.«

Er stand auf und ging auf eine kurze Erkundungstour. Selbst wenn er nicht zu sehen war, konnte ich seine Schritte hallen hören, während er umherlief. Es war eines der Geräusche – wie der Ton von Mrs. Gordons Türklingel –, die einem die sonstige Stille bewußt machten. Ich machte keine Anstalten, ihm zu folgen, sondern blieb sitzen und dachte an Stacey.

Benjamin riß mich aus meinen Gedanken, indem er mich am Ärmel zupfte und sagte: »William. William.«
Ich blickte auf.

»Was ist?«

Er schien drauf und dran, eine Frage zu stellen, doch nach einem kurzen Zögern lief er kichernd davon. Schließlich kam er und setzte sich wieder neben mich. Ich legte meinen Arm um ihn, und als sich das Gewicht seines Körpers langsam schwer anfühlte, nahm ich an, daß er eingeschlafen war. Doch dann sagte er es wieder.

»William.«

»Ja?«

»Warum hast du vorhin geweint?«

Ich schielte zu ihm hinunter, war aber aus irgendeinem Grund nicht von der Frage überrascht. Seine Augen waren groß und forschend.

»Tja, ich möchte wirklich nicht herablassend klingen, aber ich glaube nicht, daß du das verstehst.«

»Männer weinen doch sonst nicht«, sagte er, aber er sagte es mehr zu sich selbst, als verfolgte er seinen eigenen Gedankengang, weil ihm klar war, daß er von mir ohnehin keine ehrliche Antwort bekommen würde. »Papa hat noch nie geweint. Bis auf einmal, und das war Mamas Schuld.«

»Ach ja?« sagte ich ein bißchen neugierig. »Wieso denn das?«

»Sie ist fremdgegangen«, meinte Benjamin ganz nüchtern und fuhr fort: »Sie hat es Papa erzählt, und sie haben gestritten, und er hat geweint.«

Ich hätte nicht im Traum gedacht, daß Tony wegen irgend etwas weinen würde. Ich versuchte, ihn mir in Tränen aufgelöst vorzustellen, an Judiths Schulter schluchzend, während Benjamin an der Tür stand, ernst, aufmerksam und unbemerkt von den beiden. Es war das erste Mal, daß ich mir Tony im Rahmen seiner Familie vorzustellen versuchte und nicht am Klavier.

»Hast du wegen so was geweint?« fragte Benjamin.

»Also ... ja«, sagte ich, verärgert darüber, wie gut er einem Vertrauliches entlocken konnte. »Ich hab ein paar Probleme mit einer Frau, wenn du es unbedingt wissen willst.«

Benjamin hielt inne, ging in Gedanken eilig die Möglichkeiten durch.

»Tante Tina?«

Ich schüttelte den Kopf.

»Du kennst sie nicht. Sie heißt Madeline.«

So knapp ich konnte, erzählte ich Benjamin von meiner Geschichte mit Madeline, bis hin zum krönenden Abschluß auf der Party letzte Nacht. Dann schwiegen wir beide. Ich dachte: Schön, wenigstens hält er jetzt den Mund.

»Ist sie groß?« fragte er.

»Was?«

»Wie groß ist sie?«

»Ich weiß nicht ... etwas größer als durchschnittlich, denke ich.«

»Und Piers?«

»Den könnte man wohl als groß bezeichnen. Eins vierundachtzig, eins fünfundachtzig – so um den Dreh.« Plötzlich verlor ich die Geduld. »Hör zu, wenn du damit andeuten willst, daß ...«

Benjamin sagte nichts.

»Na ja, möglich wär's vielleicht ...«

Er stand auf.

»Mir ist kalt. Komm, wir gehen nach Hause und essen was.«

Er nahm mich an die Hand, und wir verließen die Kirche, gingen langsam durch die stillen Straßen von Shadwell, jeder tief in seinen Gedanken versunken. Benjamin summte eine Melodie vor sich hin – es war »I'm Beginning to See the Light«, und wenn ich es mir recht überlege, sang er es in Es, wie sein Vater das Stück am liebsten spielte. Ich fragte mich, so lächerlich es auch scheinen mag und so sehr ich mich auch dagegen wehrte, ob an Benjamins Theorie nicht vielleicht doch ein absurdes Fünkchen Wahrheit war. Wenn es tatsächlich stimmte, dann war es eine bittere Wahrheit, aber in gewisser Weise ein Trost für mich. Jede Erklärung war schließlich besser als keine.

An dem Tag unternahm ich keinen erneuten Versuch, Klavier zu spielen. Als wir nach Hause kamen, aßen wir eine Kleinigkeit zu Mittag, und dann sahen wir fern und spielten Videospiele. Ich ließ Benjamin alles bestimmen und bestand lediglich darauf, die Lokalnachrichten zu gucken. Vom Mord war nicht die Rede. Vielleicht lief meine Zeit ja doch nicht ganz so schnell ab, wie ich gedacht hatte.

Tony und Judith kamen gegen halb vier zurück. Sie schienen sich gut amüsiert zu haben, und weil sie Benjamin ansahen, daß er einen schönen Nachmittag mit mir gehabt hatte, bedankten sie sich überschwenglich bei mir. Sie waren sogar so dankbar, daß Judith anbot, mich nach Hause zu bringen.

»Das macht wirklich keine Umstände«, sagte sie. »Überhaupt, es ist eine Ewigkeit her, daß ich mal bei Tina war.«

Mein Zögern muß ihnen eigenartig erschienen sein, aber

ihr versteht sicher, wieso der Gedanke mich beunruhigte. Ich hatte mir bereits einen wahrscheinlichen Ablauf der Ereignisse ausgemalt, der es der Polizei ermöglicht haben mußte, meine Adresse im Handumdrehen herauszufinden. Chester und die Band waren im Aufnahmestudio angekommen. Dort hatten sie mit zunehmender Ungeduld auf Paisley und mich gewartet. Schließlich war Chester zurück zum Haus gefahren, leise vor sich hinfluchend, und mußte feststellen, daß es dort von Polizisten nur so wimmelte; man hatte ihn zur Befragung mit auf die Wache genommen, und natürlich hatte er erzählt, daß ich Paisley als letzter lebend gesehen hätte. Er hatte meinen Namen und meine Adresse genannt. Zweifelsohne wartete die Polizei jetzt vor meiner Wohnung auf mich.

Aber hatte ich nicht ohnehin beschlossen, mich zu stellen? War ich nicht eigentlich deshalb zu Tony gekommen? Ich hatte gedacht, daß ich Tonys Hilfe bräuchte, um das Ganze über die Bühne zu bringen, doch jetzt, nach ein paar Stunden Ruhe und nachdem ich mit Benjamin gesprochen hatte, war ich stärker und klarer im Kopf, und ich wußte, daß ich es allein schaffen konnte. Zugegeben, Judith würde schockiert sein, aber zumindest war ihre Schwester da (Tina war vermutlich schon ziemlich in Unruhe, da die Polizei sich nach meinem Verbleib erkundigt hatte), und die beiden konnten einander beistehen, bis die ganze Geschichte geklärt war.

Ich nahm also Judiths Angebot an, und wir fuhren zusammen zum Herbert Estate: Judith bemühte sich redlich, mit mir Small talk zu machen, während ich mich immer krampfhafter an den Seiten meines Sitzes festhielt und meine Nervosität stetig zunahm, bis ich kurz vor unserem Ziel nur noch haltlos zitterte. Ich hätte beinahe laut aufgeschrien, als wir in die Siedlung einbogen und ich als erstes einen Polizeibeamten auf dem Balkon unserer Wohnung stehen sah. Außerdem parkten vor dem Haus zwei Polizeiwagen. Obwohl ich genau das erwartet hatte, war es ein erschreckender Anblick.

»Meine Güte«, sagte Judith. »Was ist denn da los?«

»Bleib im Wagen«, sagte ich, sobald sie geparkt hatte. »Ich seh mal nach, was los ist.«

»Nein, ich komme mit.«

Wir gingen die Treppe hoch und wurden vor der Wohnungstür von einem Polizeibeamten aufgehalten.

»Wohnen Sie hier?« fragte er.

Ich nickte, nannte meinen Namen und sagte: »Hören Sie, ich weiß, was Sie denken, aber ich hab wirklich nichts damit zu tun. Ich bin total entsetzt über das, was passiert ist, und ich kann alles erklären ...«

»Schon gut«, sagte er beruhigend. »Sie stehen nicht unter Verdacht.«

»Nein?«

Es ist mir absolut unmöglich, die Erleichterung zu beschreiben, die mich überkam, als ich diese Worte hörte. Ich war derart überwältigt, daß ich kaum zuhörte, während er weitersprach: »Sie müßten uns nur ein paar Fragen beantworten, mehr nicht. So etwas ist immer eine schlimme Sache, aber es passiert leider alle Tage, und die junge Dame ist inzwischen außer Gefahr ...«

»Junge *Dame*?«

Er starrte mich an.

»Ja. Junge Dame. Sie wissen doch, wovon ich rede, oder?«

Er nahm mich mit in die Wohnung, wo zwei weitere Beamte gerade Tinas Zimmer durchsuchten. Wie ich erfuhr, hatte sie am Nachmittag den Rettungsdienst angerufen und gesagt, sie habe eine Überdosis genommen.

Judith blieb den Umständen entsprechend sehr gefaßt.

»Solche Fälle haben wir dutzendweise«, sagte der Polizist. »Wirklich dutzendweise jede Woche.« Er machte jetzt eine Tasse Tee für Judith, die reglos vor Schock am Küchentisch saß. »Es ist im Grunde ein Hilfeschrei.« Er reichte ihr behutsam die Tasse und sagte: »Entschuldigen Sie mich einen Moment, ja? Ich muß mal.«

Als wir allein waren, kriegten Judith und ich zuerst kein Wort heraus.

»Ich faß es nicht«, sagte ich. »Ich faß es nicht.«

Ich fuhr noch eine Weile fort, solche nutzlosen Dinge zu sagen, bis sie mich unterbrach. Zu meiner Verblüffung klang sie nicht betrübt, sondern wütend.

»Wie konntest du das nur zulassen, William? Du lebst mit der Frau zusammen, Herrgott noch mal.«

»Ich lebe mit ihr zusammen? Ich *sehe* sie ja nicht mal.«

»Aber hat es denn gar keine Anzeichen gegeben? Hast du keine Ahnung gehabt, was mit ihr los war?«

Ich wollte schon wieder eine gereizte Antwort geben, mußte mir aber eingestehen, daß Judith recht hatte.

»Es gibt da einen Mann ...«, setzte ich an.

Ein anderer Polizist kam in die Küche.

»Kann ich bitte kurz mit Ihnen reden?«

Wir gingen ins Wohnzimmer, und er stellte mir eine Reihe von Fragen. Ich erzählte ihm alles, was ich über Pedro wußte, alle Informationsbröckchen, die ich über ihn hatte aufschnappen können, und ich sagte, daß Tina sich in letzter Zeit immer öfter freigenommen hatte, und beschrieb, wie sie letzten Samstag abend ausgesehen hatte, als wir uns zum letzten Mal begegnet waren.

Dann fiel mir etwas ein.

»Sie hat nicht zufällig eine Nachricht hinterlassen?«

»Doch, hat sie.«

Er gab mir ein liniertes DIN-A4-Blatt: ein neues Blatt, auf der nur eine Nachricht stand. Sie lautete:

Lieber W., bitte denk dran, die Wohnungstür abzuschließen und sie zu VERRIEGELN, wenn Du heute abend nach Hause kommst. Ich hab ein schönes, großes Brot gekauft, also bedien dich bitte. Das weiße Zeug, das Du immer ißt, ist bestimmt nicht gut für Dich. Kannst Du mir einen Scheck ausstellen für die Gasrechnung? Ich würde sie gern am Montag bezahlen. Gruß T.

Ich gab ihm das Blatt zurück.

»Da ist noch was«, sagte er. »Auf Ihrem Anrufbeantworter ist eine Nachricht. Es hat wohl nicht zufällig was mit dem zu tun, was passiert ist?«

Er drückte auf »Play«, und nach den üblichen Pieptönen erklang die Stimme einer Frau.

»Hör zu, William«, sagte sie. »Wegen gestern abend. Ich kann alles erklären.« Pause. »Ich kann alles erklären und dir aus dem Schlamassel helfen.« Eine längere Pause. »Komm sofort zu mir.«

Es machte Klick, und das Gerät schaltete sich aus.

»Und?«

»Nein«, sagte ich und wählte meine Worte mit Bedacht. »Das ist eine persönliche Sache zwischen mir und ... einer anderen Frau.«

»Okay.«

Er nannte mir den Namen des Krankenhauses und die Nummer des Zimmers, in dem Tina lag, und sagte, wir könnten sie sofort besuchen, wenn wir wollten. Ich habe mich bestimmt bei ihm bedankt, aber als ich ihn und seine Kollegen zur Tür brachte, wußte ich eigentlich schon nicht mehr, was ich sagte. Ich grübelte bereits über die Nachricht auf dem Anrufbeantworter nach. Was hatte sie zu bedeuten?

Und überhaupt, wie war Karla an meine Telefonnummer gekommen?

Coda

Gasping – but somehow still alive
this is the fierce last stand of all I am

Morrissey,
»Well I wonder«

»Ich muß weg«, sagte ich zu Judith.

»Heißt das, du kommst nicht mit zu Tina?«

Es wäre sinnlos gewesen, es ihr erklären zu wollen. Wenn es zur Folge hatte, daß ich in ihrer Meinung noch tiefer sank, dann war das ein Problem, das ich irgendwann später würde lösen müssen. Ich ließ ihr einfach die Wohnungsschlüssel da und sagte, sie solle Tina von mir grüßen. Als ich mich verabschiedete, brannten ihre Augen vor Empörung.

Es war mittlerweile ganz dunkel. Ich lief die gesamte Strecke bis zur U-Bahn-Station London Bridge, fuhr nach Angel und stand keine halbe Stunde später vor der Videothek. Neben dem Laden befand sich eine blau gestrichene Tür ohne Hausnummer. Sehr wahrscheinlich führte sie zu den Wohnungen im ersten und zweiten Stock. Ein Mann lehnte an der Tür, ein kleiner, dunkel aussehender Mann, der eine Metallbrille trug und Kaugummi kaute. Sein Haar war dunkel, zerzaust und lockig. Als ich näher kam, stellte er sich gerade hin, versperrte die Tür und blickte mich an, bis ich mich genötigt sah zu sagen: »Ich möchte zu Karla.«

Ich dachte schon, er würde nie antworten.

»Name?« sagte er endlich.

»William.«

Er drehte sich um und drückte eine von den Klingeln.

Gleich darauf knisterte der Lautsprecher der Gegensprech-
anlage, und Karlas Stimme sagte: »Ja?«

»William«, sagte der Mann.

»In Ordnung.«

Die Tür wurde geöffnet, und ich stieg vier schmale,
schmuddelige Treppen hinauf. Sie führten zu einem kleinen
Flur mit drei Türen, von denen eine nur angelehnt war. Hinter der Tür sagte Karlas Stimme: »Komm rein, William.«

Ich schob die Tür auf. Es war ein klammes und düsteres
Zimmer, das praktisch unmöbliert war. Es gab keinen Teppich, und die Wände waren schmucklos, trist und grau. In
einer Ecke des Zimmers stand ein Sessel, neben einem
Waschbecken und einem Spiegel. Weitere Möbelstücke waren eine Kommode, ein Eisenbett und ein kleiner, dreibeini-
ger Tisch. Karla saß auf dem Bett.

»Ich hab gerade deine Nachricht abgehört«, sagte ich, als
klar wurde, daß sie nichts zu mir sagen würde.

»Gut.«

Sie blickte forschend, als wollte sie von meinem äußeren
Verhalten auf irgendein inneres Geheimnis schließen.

»Ich wußte gar nicht, daß du meine Telefonnummer
hast«, stammelte ich nach einer noch längeren Pause.

»Nein.«

Sie wirkte anders, ganz anders als die Frau, die im White
Goat an der Theke arbeitete. Sie schien mürrisch und aggressiv, aber ich hatte den Eindruck, daß sich in ihrem Kopf im
Moment die Gedanken förmlich überschlugen. Ich fragte
mich sogar, ob sie nicht genauso verwirrt war wie ich.

»Willst du mir nichts erklären?« fragte ich.

»Vielleicht solltest du mir was erklären.«

»Ich?«

»Ja, William. Du.«

Ich zuckte nervös die Achseln.

»Ich weiß nicht, was du meinst.«

»Jetzt paß mal auf, du steckst in ganz schönen Schwierig-

174

keiten. Die Polizei sucht überall nach dir, falls du das noch nicht wußtest. Ich hab dir gesagt, daß ich dir helfen kann, aber dafür muß ich erst mal wissen, was du im Schilde führst.«

»Ich führe nichts im Schilde«, protestierte ich. »Ich bin Musiker, mehr nicht.«

»Bist du auf seiner Seite?«

»Auf wessen Seite denn? Wovon redest du überhaupt?«

Wütend stand sie auf und kam auf mich zu. Ich hatte gar nicht gewußt, wie groß sie war.

»Hör zu. Ich weiß, daß du mich verfolgt hast. Du hast es neulich abend im Pub selbst zugegeben. Und am selben Abend hast du versucht, mir Angst einzujagen, indem du diese Schallplatte auf den Tisch gelegt hast. Du hast auch mit ihm zusammengearbeitet, das weiß ich. Und dann tauchst du ganz zufällig in dem Haus auf, genau rechtzeitig, um zu sehen, wie dieser Typ – Paisley – umgebracht wird. Also, was geht da vor?«

»Ich weiß nicht«, sagte ich beinahe wimmernd. »Ich weiß es nicht.«

Karla funkelte mich an, ging dann zur Kommode und nahm einen Umschlag aus der unteren Schublade. Sie zog ein großes Schwarzweißfoto heraus und hielt es mir vors Gesicht.

»Das erkennst du doch, oder?«

»Ja«, sagte ich. Es war das Foto von der Plattenhülle: mit der Frau, die über einen Fluß blickt, und den beiden Zwergen.

»Und das hier?«

Sie zeigte mir ein zweites Foto, und ich starrte verblüfft darauf. Es war die gleiche Szene. Aber die Frau hatte sich umgedreht und war jetzt deutlich zu erkennen – trotz ihrer kurzgeschnittenen, gebleichten Haare: eine jüngere Version von Karla. Und die beiden kleinen Gestalten, die ihre Kapuzen abgenommen hatten, waren gar keine Zwerge. Es waren Kinder: zwei kleine Mädchen von identischer Größe und identischem Aussehen, die freundlich in die Kamera lächelten.

»Bist du das?«

Sie nickte.

»Und ... *du* singst auf der Platte?« fragte ich und erinnerte mich an die Stimme, die sich durch die zwei gräßlichen Songs geschrien hatte.

»Ja.«

Karla ging zum Spiegel und nahm ihre Perücke aus vollem, kastanienbraunem Haar ab. Sie drehte sich um und sah mich an. Ihre Haare waren jetzt noch kürzer als auf dem Foto: oben ganz kurz geschoren, an den Seiten und hinten rasiert.

»So«, sagte sie, während sie näher kam. »Seh ich jetzt mehr wie eine Killerin aus?«

Ich wich zurück.

»Aber ... du hast Paisley nicht getötet, oder?«

»Das war ein Irrtum. Diese verdammten Idioten. Ich hätte die Sache selbst erledigen sollen. Und ich werde es selbst erledigen. Er entwischt mir nicht. Herrgott, ich warte schon viel zu lange ...«

Sie setzte sich aufs Bett und verstummte.

»Wer entwischt dir nicht?« fragte ich. »Und was sind das für Kinder?« Ich war inzwischen so durcheinander, daß ich die Fragen nicht schnell genug herausbekam. »Wen hast du auf Paisley angesetzt? Waren das die Brüder aus Glasgow – dieselben Männer, nach denen du die Band benannt hast?«

Karla antwortete nicht, eine ganze Weile nicht. Und als sie schließlich zu einer Erklärung ansetzte, sprach sie müde und langsam.

»Es hat nie eine richtige Band namens The Dwarves of Death gegeben«, sagte sie. »Das waren nur ich und mein Mann. Ich hab gesungen, er hat die Instrumente gespielt, und das Ganze wurde dann im Studio zusammengemischt. Wir waren pleite – wie immer –, und wir dachten, wir schlagen aus dieser Punk-Welle Kapital und versuchen, zusätzlich etwas Geld zu machen. Wir lebten damals in Glasgow, und du kannst dir gar nicht vorstellen, wie arm wir waren. Abends haben wir

176

die Aufnahmen gemacht. Tagsüber bin ich arbeiten gegangen, als Putzfrau. Er hatte keinen Job, sondern blieb zu Hause und hat auf die Kinder aufgepaßt.« Sie zeigte nacheinander auf die beiden. »Claire und Sandra. Es waren Zwillinge.«

Auf dem Bett lag eine abgenutzte Steppdecke. Karla holte eine abgesägte, doppelläufige Schrotflinte und eine Packung Patronen darunter hervor. Sie fing an, die Waffe zu laden, während sie sprach.

»Und dann war Sandra eines Tages verschwunden. Sie war von zu Hause weggelaufen. Und da erst hat Claire mir erzählt, was ihr … Vater … mit ihnen angestellt hat, wenn ich den ganzen Tag nicht da war.« Sie verlieh dem Wort »Vater« einen bitteren Beiklang, als hätte es einen schlechten Geschmack und müßte ausgespuckt werden. »Ich nehme an, ich sollte dir die Einzelheiten ersparen. Jedenfalls hat eine Ärztin sie untersucht und alles bestätigt, was sie erzählt hatte. Sandra habe ich nie wiedergesehen. Einige Wochen später fand die Polizei eine Leiche. Möglich, daß es Sandra war, ich konnte es nicht mit Sicherheit sagen. Und Claire …« Sie stand auf und ging zum Fenster. »… die ist sehr schwierig geworden. Sie ist jetzt in so einem Heim. Ich gehe sie nicht besuchen. Sie will nicht mit mir reden.«

Während Karla ihre Geschichte erzählte, wurde ihre Stimme immer härter und schneller.

»Es erübrigt sich wohl zu sagen, daß er sich schleunigst aus dem Staub gemacht hat, als die ganze Sache ans Licht kam. Noch am selben Abend hat er sich in Luft aufgelöst, ohne eine Spur zu hinterlassen. Die einzige Möglichkeit, die ich sah, ihm eine Nachricht zukommen zu lassen, war dieser Song, ›Insomnia‹. Wir hatten gerade eine neue Single aufgenommen, aber die B-Seite war noch nicht fertig. Also bin ich eines Abends ins Studio und hab meine ganze Wut und meinen ganzen Haß rausgebrüllt. Ich wußte, daß er die Platte würde kaufen müssen, wenn er sie sah, und ich wollte ihm unmißverständlich zu verstehen geben, daß ich ihn irgendwann aufspüren würde. Ich hab auch dafür gesorgt, daß das Foto aufs Cover kam. Wir hatten die Mädchen in den Kapuzenmänteln für Publicityzwecke fotografieren lassen, damit die Leute glaubten, sie würden tatsächlich zur Band gehören. Ich wollte, daß ihn das Bild verfolgte. Ich wollte ihm klarmachen, was es bedeutete: daß ich ihn eines Tages finden würde. Daß ich ihn finden und umbringen würde.«

Von dem kleinen Tisch nahm sie einen kleinen, rechteckigen Gegenstand aus Plastik. Es war eine Kassette.

»Ich hab Jahre gebraucht, um ihn aufzuspüren. Er war fast die ganze Zeit in Europa gewesen. Ich hab eine falsche Spur verfolgt und monatelang in Kanada und Amerika gesucht. Als ich ihn dann gefunden hatte, brauchte ich ein weiteres Jahr, um das Geld zusammenzubringen, das ich brauchte, um ihn so umbringen zu lassen, wie ich es mir vorgestellt hatte. Es hat mich zwanzigtausend Pfund gekostet.«

Obwohl ich die Antwort fürchtete (weil ich sie bereits kannte), fragte ich: »Und wo hast du ihn gefunden?«

»Er leitet ein paar Tonstudios in South London.«

Sie warf mir die Kassette zu. Es war eine Kopie von unserem Demo mit »Madeline (Stranger in a Foreign Land)«.

»Vincent«, sagte ich.

»So nennt er sich offenbar heute. Als ich ihn heiratete, hieß er Duncan.«

Ich sah auf die Kassette und runzelte die Stirn.

»Woher hast du die?«

»Sie war in Paisleys Tasche. Zum Glück war die Jacke voll Blut, und die beiden mußten sie mitnehmen. Sonst hätte die Polizei dich wirklich im Handumdrehen ausfindig gemacht. Du hast sogar vorsorglich deine Telefonnummer auf der Kassette angegeben.«

Ich war vor Schock sprachlos, weil ich an all die Rückwirkungen, an all die Wellen denken mußte, die durch die Aufnahme dieses einzigen Songs vor nur einer Woche ausgelöst worden waren.

»Wie ich sehe, hat er den Song für dich produziert«, sagte Karla. »Beim Gesang ist für meinen Geschmack ein bißchen zuviel Hall drin. Den Fehler hat er schon immer gemacht.«

»Trotzdem begreife ich nicht, wieso die Polizei mich nicht schon längst aufgespürt hat«, sagte ich. »Die haben doch inzwischen bestimmt mit Chester gesprochen. Hat er ihnen nicht gesagt, wo ich wohne?«

Karla lachte.

»Chester? Der ist gerissener, als du es ihm zutraust. Ich könnte mir vorstellen, daß er sich aus dem Staub gemacht hat, als er gestern abend zurück zum Haus gefahren ist und die ganzen Bullen gesehen hat. Es wird ein Weilchen dauern, bis der sich wieder blicken läßt.«

»Er und Vincent«, sagte ich, »wo ist da die Verbindung?«

»Geschäfte.« Karla holte unter dem Bett ein Paar schwere schwarze Stiefel hervor und begann, sie anzuziehen. »Ein Mann wie Duncan – Vincent – lebt nicht von Aufnahmestudios. Das meiste Geld macht er mit Heroin. Chester geht ihm dabei hin und wieder zur Hand, ist aber ein vergleichsweise kleiner Fisch. Außerdem macht er groß in Immobilien. Er hat sich jede Menge Häuser in Islington unter den Nagel gerissen, hauptsächlich durch betrügerische Verträge. Deshalb haben Paisley und Co. auch in einem davon gewohnt.«

»Wie hast du das alles rausgekriegt?«

»Es war nicht einfach«, sagte sie und schnürte sich die Stiefel zu. »Ich wußte, daß viele von den Geschäften im White Goat abliefen, obwohl Duncan zu clever war, sich je dort blicken zu lassen. Ich mußte also dem Wirt ein bißchen um den Bart gehen, damit er mir einen Job gab, und dann hab ich über einen von den Typen hinter der Theke die Wohnung hier gekriegt.«

Karla erzählte mir den Rest der Geschichte, während sie sich ihre Jacke anzog. Sie hatte die beiden kleinen Brüder aus Glasgow ausfindig gemacht, die zwei Jahre zuvor aus dem Gefängnis entlassen worden waren, und ihnen fünftausend

Pfund geboten, um den Mord auszuführen. Sie erklärten sich schließlich bereit, es für zwanzigtausend zu machen. Sie sagte ihnen, was sie anziehen sollten, und sogar, wie sie sich hinstellen sollten, bevor sie angriffen. Alles sollte an das Versprechen erinnern, daß sie auf der Schallplatte gegeben hatte, und Vincent in den letzten Momenten vor seinem Tod möglichst tief entsetzen. (Jetzt fiel mir auch wieder ein, wie sonderbar er auf die beiden Kinder mit den gleichen Anoraks reagiert hatte, die eines Morgens ins Studio gekommen waren und ihm einen Heidenschrecken eingejagt hatten.) Sie wußte, daß The Unfortunates am Samstag abend nicht in dem Haus sein würden, und sie beauftragte einen der Brüder, Vincent anzurufen, um sich zu vergewissern, daß er da sein würde. Nur durch Paisleys Einmischung war der Plan gescheitert.

»Warst du gestern abend dabei?« fragte ich. »Hast du den Wagen gefahren?«

»Nein«, sagte sie. »Das war der Typ, den du unten vor der Tür gesehen hast. Den hab ich bloß angeheuert. Er wurde mir empfohlen und macht anscheinend dauernd solche Jobs. Er fährt uns jetzt zum Studio.«

Eine bange Ahnung beschlich mich.

»Was soll das heißen, er fährt *uns*?«

»Du glaubst doch nicht etwa, ich hab dich bloß kommen lassen, um dich zu beruhigen, oder?« sagte Karla, während sie die Schrotflinte und weitere Patronen in eine schwarze Reisetasche packte. »Du wirst mir helfen.«

»Ich? Wie denn?«

»Ich werde in das Studio gehen und ihn abknallen. Jetzt gleich, heute abend. Aber ich brauche jemanden, der sich da auskennt, und du warst schon öfter da. Ich habe gehört, das Gebäude ist ein richtiges Labyrinth. Er darf nicht entkommen.«

»Jetzt hör mal zu.« Ich ging langsam rückwärts zur Tür. »Es tut mir leid, was dir passiert ist, du hast wirklich ... Schreckliches durchgemacht. Aber ich muß dir eins sagen,

ich finde, du hast da einen fürchterlich falschen Weg eingeschlagen.«

Karla blickte mich ungläubig an.

»Trotzdem«, fuhr ich fort, »in Anbetracht dessen, was du
mir erzählt hast, schlage ich dir ein Geschäft vor: Du läßt
mich gehen, und ich verspreche dir, der Polizei nichts zu ver-
raten.«

Sie griff in ihre Tasche und nahm die Schrotflinte heraus.

»Halt die Schnauze«, sagte sie. »Du kommst mit, oder ich
puste dir das Hirn raus.«

Ich holte tief Luft und nickte.

»Okay.«

Ich hatte noch nie erlebt, daß jemand mit einer Waffe
auf mich zielte, und ich muß sagen, es gibt einfach keine bessere Entscheidungshilfe als diese. Wie versteinert starrte ich
Karla an, die die Waffe auf meine Brust gerichtet hielt. Sie
trug Jeans und dazu eine Jeansjacke, und mit der Flinte und
dem geschorenen Kopf bot sie insgesamt einen beängstigen-
den Anblick. Als sie sah, wie panisch ich war, lachte sie leise
auf und stieß mich zur Treppe.

»Worüber lachst du?« sagte ich.

Sie lachte stärker.

»Du und deine Scheißfolksongs.« Sie drückte mir die
Flinte in den Rücken. »Tut mir leid, Freundchen. Ich bin
keine Mary O'Hara.«

Sie steckte die Waffe wieder in die Tasche, bevor wir nach
draußen gingen, packte mich dann am Arm und stieß mich
hinaus auf die Straße. Es war eine dunkle, kalte Nacht, und
es war niemand in der Nähe, der uns hätte sehen können.
Unser Fahrer wartete an der Tür, und wir gingen, ohne zu
sprechen, zu seinem Wagen, der auf der Essex Road parkte.
Karla und ich setzten uns auf die Rückbank. Sie nahm die
Schrotflinte aus ihrer Reisetasche, legte sie sich auf den
Schoß und zog aus ihrer Jeanstasche einen Zettel, auf dem
die Adresse der Thorn Bird Studios stand.

»Hier steht, wo wir hinfahren«, sagte sie zum Fahrer. »Also, drück auf die Tube.«

Er nahm den Zettel, drehte sich um und blickte sie fragend an.

»Auf die Tube?«

»Ich meine, gib Gas, du Idiot. Rápido!«

»Ach so.«

Er ließ den Motor an und raste mit affenartiger Geschwindigkeit los. Ich dachte kurz darüber nach, was Karla eben gesagt hatte. Ein neuer, überraschender Verdacht beschlich mich.

»Was hast du gerade zu ihm gesagt?« fragte ich.

»Rápido. Das ist spanisch und heißt ›schnell‹.«

Ihre Augen leuchteten vor gespannter Erwartung, und sie wippte aufgeregt mit beiden Füßen. Es machte mir angst zu sehen, wie sehr sie sich auf das freute, was sie sich vorgenommen hatte: die Erfüllung einer Sehnsucht, die seit Jahren in ihr brannte, nehme ich an. Sie machte zwar nicht den Eindruck, als hätte sie Lust, noch mehr Fragen zu beantworten, aber ich mußte sie einfach fragen. Ich sagte flüsternd: »Ist er Spanier?«

»Ja. Sein Name ist Pedro.«

Sie fixierte mich wieder mit diesem spöttischen, neckenden, unbezähmbaren Lächeln. Zu jedem anderen Zeitpunkt, bei jeder anderen Frau wäre es bezaubernd gewesen. Ich winkte sie näher an mich heran und flüsterte ihr ins Ohr: »Den kenne ich.«

»Ach ja?«

»Das ist der Freund meiner Mitbewohnerin. Ein absoluter Scheißkerl.«

»Wirklich?« Sie tat erstaunt. »Und ich hab ihn nur deshalb engagiert, weil ich dachte, er wäre so ein netter Typ.«

Meine ganze Empörung darüber, was er Tina angetan hatte, kochte mit einem Mal über. In der Wohnung hatte ich sie noch unter Kontrolle halten können, weil ich in Panik und völlig durcheinander gewesen war, so daß andere Gefühle keinen Platz hatten. Jetzt jedoch stieg in mir so etwas wie Haß auf.

»Er hat meiner Mitbewohnerin das Leben zur Hölle gemacht«, flüsterte ich. »Schreckliche Sachen mit ihr angestellt. Sie hat sogar versucht, sich umzubringen.«

»Schlimm«, sagte Karla ausdruckslos.

»Wenn ich nur fünf Minuten mit ihm allein wäre ...«

Sie blickte mich an, lächelte wieder.

»Was würdest du dann machen?«

Das war eine schwierige Frage.

»Ich ... würde ihm ordentlich den Marsch blasen.«

Sie erlaubte sich ein leises, aber emphatisches Lachen und richtete dann den Blick auf Pedro.

»Na, mal sehen, ob uns da nicht noch was Besseres einfällt«, sagte sie.

Wir fuhren ein paar Minuten schweigend dahin. Dann beugte Karla sich vor und tippte Pedro auf die Schulter.

»Sind wir bald da?« fragte sie.

»Bald. Glaube ich.«

»Wenn wir da sind, willst du doch bestimmt dein Geld haben, was, Pedro?«

»Stimmt. Wenn wir da sind.«

»Und wieviel hatten wir noch mal vereinbart? Fünftausend, oder?«

»Stimmt, fünftausend Pfund. Bar auf die Hand.«

Sie zog die Luft ein.

»Fünftausend Pfund – eine schöne Stange Geld, nicht?«

Er kicherte blöde.

»Ja, Señora. Eine schöne Stange Geld.«

»Was hast du mit dem vielen Geld vor?«

Er kicherte wieder.

»Weiß nicht. Vielleicht gehe ich zurück nach Spanien.«

»Gibt es in Spanien jemanden, der auf dich wartet, Pedro? Eine kleine spanische Señorita vielleicht?«

Er grinste und strich sich über das stoppelige Kinn.

»Vielleicht. Vielleicht gibt es da jemanden, ja.«

»Aber ich wette, das hat dich nicht davon abgehalten, auch hier ein bißchen Spaß zu haben, was, Pedro? Wir wollen doch alle gern ein bißchen Spaß, oder?«

»Stimmt, Señora«, lachte er. »Wir wollen alle gern ein bißchen Spaß.«

Ich unterbrach die beiden. »Hier links abbiegen. Das Studio ist nur knapp fünfzig Meter die nächste Straße hoch.«

»Okay. Halt hier an, Pedro. Halt an.«

Wir parkten in einer völlig dunklen und menschenleeren Seitenstraße. Pedro schaltete die Scheinwerfer aus.

»Und besorgst du ihr denn noch ein Geschenk, bevor du abreist, Pedro? Ein Geschenk für dein kleines bißchen Spaß?«

»Ich weiß nicht. Ja, vielleicht mach ich das.«

Er grinste wieder, und seine Zähne, die im Rückspiegel reflektierten, sahen im Dunkeln gelb und glänzend aus.

»Weiß die Kleine eigentlich, womit du dein Geld verdienst, Pedro? Ich wette, du hast ihr nicht erzählt, was du wirklich machst.«

»Stimmt«, sagte er und kicherte albern.

»Was hast du ihr denn erzählt? Was glaubt sie denn, womit du dein Geld verdienst?«

»Sie denkt, ich fahre Taxi. So richtig, verstehst du.«

»Du bist ein durchtriebener Hund, was Pedro?« sagte Karla, was lautes Gelächter auslöste. »Du bist ein richtiger kleiner Halunke, wie?«

»Stimmt. Ein kleiner, ja.«

»Also – ich hab da ein Problem, Pedro, ich kann dir im Augenblick nämlich nicht das ganze Geld geben. Ich muß dir fürs erste etwas anderes geben, als Zulage.«

»Etwas anderes?«

Er drehte sich um, und sie beugte sich vor, dicht an sein Gesicht.

»Etwas anderes. Verstehst du, was ich meine?«

184

Wieder breitete sich sein breites, langsames Lächeln aus.

»Ich glaube, ja. Doch, ich glaube schon.«

»Du magst britische Mädchen, nicht, Pedro?«

»Oh ja. Ich mag sie sehr.«

»Dieses andere britische Mädchen – ich wette, die tut alles, was du von ihr willst, was?«

Weiteres Gekicher. »Na ja ... sie tut so einiges. Und manchmal, na ja, was ist schon dabei, wenn man sie ein bißchen ...«

»Sanft überredet?«

»Stimmt.«

»Mit ein bißchen Druck?«

»Ja.«

Karla hob die Schrotflinte auf Höhe seines Kopfes.

»Pedro«, sagte sie. »Du bist so überflüssig wie ein Kropf.«

Das Geräusch des Schusses war ohrenbetäubend, und ... Ich hab noch nie auch nur annähernd etwas Ähnliches gesehen wie das, was dann passierte. Sein Kopf explodierte. Im wahrsten Sinne des Wortes. Er flog überallhin. Stücke von Pedro bespritzten die ganze Windschutzscheibe, das Armaturenbrett, die Sitzbezüge, das Dach. Blut schoß in alle Richtungen, und ich war über und über damit besudelt. Es war in meinen Haaren, warm und klebrig, und es war auf meinem Gesicht und auf meinem Mantel und an meinen Händen. Ich war über und über voll Pedro. Von oben bis unten. Ich muß geschrien oder geweint haben, denn Karla schlug mir plötzlich ins Gesicht und rief: »Schnauze! Halt deine verdammte Schnauze! Und jetzt raus aus dem Wagen!«

Sie stieß mich aus dem Wagen, und ich fiel auf die Straße. Dann zerrte sie mich hoch und zog mich mit sich. Ich sah zum Wagen zurück. Die Fahrertür war offen – er mußte noch nach dem Griff gefaßt haben, als er kapierte, was Karla vorhatte – und das, was von Pedro übrig war, lag halb drinnen, halb draußen, zusammengesackt auf dem Bordstein. Als Karla sah, daß ich zurückschaute, schlug sie mir wieder ins Gesicht und stieß mich weiter.

Wir erreichten den Haupteingang der Thorn Bird Studios, und Karla trat die Tür auf. Ich ging vor ihr hinein. Drinnen kam es mir hell und warm vor, fast gemütlich. Vincent saß an seinem Schreibtisch, trank eine Tasse Tee und las eine Sonntagszeitschrift. Als er mich sah, wie ich mich, blutbesudelt und zitternd, kaum auf den Beinen halten konnte, ließ er die Zeitschrift fallen und sprang auf. Er wollte gerade etwas sagen, als Karla auftauchte. Sie starrten einander drei oder vier Sekunden lang an: Er sah sie nach zehn Jahren zum ersten Mal. Dann sagte sie: »Einer für Sandra. Und einer für Claire«, und sie feuerte zweimal.

Beide Schüsse gingen daneben.

Sie stürzte sich auf ihn, doch mit einer unerwarteten Kraftanstrengung wuchtete er den Schreibtisch hoch und stieß ihn Karla entgegen. Sie verlor das Gleichgewicht und fiel zu Boden.

»Ihm nach, du Idiot, ihm nach!«

Vincent war einen unbeleuchteten Korridor hinuntergerannt. Ich fand den Lichtschalter und drückte gerade noch rechtzeitig darauf, um Vincent um eine Ecke verschwinden zu sehen. Karla drängte sich an mir vorbei, wobei sie mich fast umstieß, und ich lief ihr nach, ohne mich auch nur eine Sekunde lang zu fragen, warum.

Die Verfolgungsjagd kann nicht länger als zwei Minuten gedauert haben. In regelmäßigem Abstand ging das Licht aus und tauchte die Korridore in Dunkelheit, und ich tastete hektisch nach dem nächsten Schalter. Ich wußte, daß Vincent sich mühelos im Dunkeln zurechtfinden konnte. Er lockte uns die zahllosen kleinen Treppen hinauf und hinunter, bis uns schwindelig war und wir uns hoffnungslos verirrt hatten. Schließlich schienen wir ihn ganz verloren zu haben. Wir standen keuchend im Dunkeln, lauschten angestrengt, um über den gedämpften Lärm der Bands hinweg, die in den angrenzenden Räumen probten, seine Schritte zu hören.

»Scheiße«, sagte Karla. »*Scheiße!*«

Ich ertastete einen Schalter und machte das Licht an: Vincent stand am hinteren Ende des Korridors und mühte sich gerade ab, die Tür von Studio B aufzuschließen. Bevor wir ihn erreicht hatten, war er schon hineingeschlüpft und hatte die Tür hinter sich zugezogen.

Das Licht ging wieder aus. Ich legte Karla eine Hand auf den Arm, um sie zurückzuhalten, und holte ein paarmal Luft.

»Wir haben ihn«, sagte ich. »Er kann die Studiotür nicht von innen abschließen.«

»Bist du sicher?«

»Ja.«

»Was ist da drin?«

»Keine Ahnung.«

Sie schüttelte meine Hand ab und trat zurück.

»Dann werden wir es gleich wissen.«

Doch da tat ich etwas Erstaunliches. Ich sagte: »Moment« und stellte mich ihr in den Weg. Irgendeine wahnsinnige Form von Heldenmut schien sich meiner bemächtigt zu haben, und ich hörte mich selbst sagen: »Ich geh zuerst rein.« Als mein Vorschlag ungläubiges Schweigen erntete, fügte ich hinzu: »Es könnte gefährlich sein.«

Mit einer raschen, entschlossenen Bewegung zog ich die Tür von Studio B auf und stürmte hinein.

Wenn ich auch nur eine Sekunde lang stehengeblieben wäre und nach unten geschaut hätte, dann hätte ich gesehen, daß an der Wand eine schmale Eisenleiter befestigt war. Sie führte zu einem kleinen Landungssteg, von dem aus manchmal die Rufe der Seeleute hinauf in die Nachtluft stiegen, wenn sie ihre Boote be- und entluden. Aber ich blieb nicht stehen. Ich sah gerade noch die Wolken, die über das Gesicht eines sanft leuchtenden Mondes glitten, bevor ich kopfüber in das pechschwarze, eiskalte Wasser der Themse tauchte.

Fade

And everybody's got to live their life
and God knows I've got to live mine
God knows I've got to live mine

Morrissey,
»William, It Was Really Nothing«

Wenn man die Hauptstraße am Pub namens The Fox House verläßt und bergab durch den Wald geht, kommt man bald an einen breiten, rauschenden Bach. Er läßt sich an mehreren Stellen überqueren. Zwei kleine Holzbrücken führen hinüber, und für die Geschickten gibt es Trittsteine. Wenn man auf den Brücken stehenbleibt, kann man durch die Ritzen zwischen den Planken das schäumende Wasser darunter beobachten. Geht man weiter, wird das Gelände unwegsamer. Große Felsbrocken und umgestürzte Bäume säumen den Bach, und kurz bevor der Pfad steil in ein dichtes Waldgebiet führt, sieht man einen großartigen Bergkamm. Die Augen verweilen auf dieser kahlen, weiten Landschaft, heften sich auf den Punkt, wo die Erde dem Himmel weicht und ein ungemein blasses Blau den Horizont erhellt. Es sind noch andere Spaziergänger unterwegs, aber es ist ruhig; man könnte fast sagen, still.

»Ich finde es herrlich hier«, sagte Stacey.

»Es ist wunderschön«, stimmte ich zu.

»Besser als London, was?« sagte Derek.

Ich ging am Bachufer in die Knie, ließ die Finger durchs Wasser gleiten. Der Boden war noch naß vom Tau, und der leichte Wind trug einen betörenden Frühlingsduft mit sich.

»Alles ist besser als London.«

188

Nach Hause zu kommen war schließlich doch das Einfachste von der Welt gewesen. Am ersten Tag, an dem ich mich dazu in der Lage gefühlt hatte, wieder nach draußen zu gehen – etwa ein oder zwei Wochen nach meiner Rückkehr –, war ich auf einen der höchsten Berge von Sheffield gestiegen, hatte zugesehen, wie bei Einbruch der Dunkelheit allmählich die Lichter in der ganzen Stadt aufleuchteten, und hatte einfach nicht glauben können, daß ich es so lange ohne dieses Fleckchen Erde ausgehalten hatte. Es erschien mir warm und freundlich und unverfälscht. Und ich genoß die Nähe der Natur, wanderte tagelang auf all meinen alten Wegen, erfreute mich erneut an den Tälern, deren Freundschaft ich einst leichtfertig zurückgewiesen hatte. Meistens war ich allein unterwegs; aber heute hatte ich Stacey und Derek gebeten, mich zu begleiten. Es war Sonntag morgen, der erste richtig schöne Frühlingssonntag.

Ich hörte sie flüstern: »Du mußt ihn nicht dauernd daran erinnern.«

»Ihr begreift offenbar nicht«, sagte ich, »daß ich langsam drüber wegkomme.«

»Unser William ist ein zäher Bursche«, sagte Derek. Er kletterte auf einen Baum, blieb aber auf halber Höhe hängen.

»Fährst du bald wieder nach London, um Tina zu besuchen?« fragte Stacey und nutzte die Gelegenheit, daß Derek nicht neben ihr stand.

»Ich habe ja nicht mal ihre neue Adresse.«

Ich wußte nur, daß sie in eine Wohnung in der Nähe von Wimbledon gezogen war und mit zwei anderen Frauen zusammenwohnte. Als Judith mir das mitteilte – und sonst nichts –, faßte ich das als taktvollen Hinweis auf, eine Zeitlang Distanz zu wahren.

»Du brauchst keine Schuldgefühle zu haben, William.«

Ich drehte mich um, und sie lächelte mich an. Wir standen eine Weile so da, auf beiden Seiten des Pfades. Dann war heftiges Blätterrascheln zu hören, und Derek sprang vom Baum herab, landete mit einem erstickten Schrei zwischen uns. Stacey schrie auf und fing dann an zu lachen.

»Du hast mich erschreckt.«

»Hast du immer noch Alpträume, William?« fragte Derek, als wir weitergingen. Er ignorierte Staceys vorwurfsvolle Blicke.

»Ab und zu.«

»Was würdest du machen«, sagte er, »wenn ich dir sagen würde, daß dein schlimmster Alptraum bald grausame Wirklichkeit wird?«

»Derek! Halt den Mund!«

Ich überlegte: »Zum Beispiel?«

»Man hat sie doch nie gefunden, stimmt's? Beide nicht.«

»Nein.«

»Es könnte also sein, daß Vincent ... sich hinter dem Felsen da versteckt. Und Karla könnte unten am Fuße des Hügels auf uns warten.«

»Theoretisch. Na und?«

Er packte meine Schulter mit einer krallenartigen Hand und sagte mit einem heiseren, dramatischen Flüstern: »Ich sag dir, bald wird etwas Entsetzliches passieren, etwas viel Entsetzlicheres.«

Ich blickte ihn ausdruckslos an.

»Hast du's nicht in der Zeitung gelesen?«

»Was?«

»Diesen Monat ist in London die Premiere von einem neuen Andrew-Lloyd-Webber-Musical.«

Ich stöhnte glücklich auf und stieß ihn weg.

»London ist meilenweit weg. Das verkrafte ich schon.«

Stacey schlang die Arme um Derek. Sie hob ihn in die Luft, und während sie sich drehten, küßten sie sich lange und heftig, derweil ich die Flechtenbildung auf einem Felsbrocken in der Nähe studierte. Ich glaube, im Grunde meines Herzens hatte ich mich noch immer nicht damit abgefunden.

190

»Jetzt hör aber auf, William zu ärgern«, sagte sie und stellte ihn ziemlich unsanft wieder auf den Boden.

»Na ja, ich hab ihm noch immer nicht verziehen, daß er meine verdammte Schallplatte verloren hat.«

»Ich hab doch gesagt, es macht mir nichts aus«, sagte ich. Einen Moment lang erinnerte mich der Spruch an Madeline, aber ich fegte die Erinnerung hastig beiseite. »Jedenfalls betrachte ich das Ganze allmählich als eine ... lehrreiche Erfahrung.«

»Du bist erwachsen geworden, ehrlich«, sagte Derek. »Dein Körper ist leider nicht gewachsen, aber der Rest von dir.«

Mir fiel nichts ein, womit ich hätte kontern können, also sagte ich: »Meinst du wirklich?«

»Absolut. Ich schätze, noch mal fünfzehn Jahre, und du kommst in die Pubertät.«

Selbst da lächelte ich bloß. Es ist verrückt, aber zur Zeit kann ich von solchen Neckereien einfach nicht genug kriegen.

Danksagung

Ich danke folgenden Personen: Ralph Pite dafür, daß er den Text von »Madeline (Stranger in a Foreign Land)« geschrieben hat; Brian Priestley für die Notation von »Tower Hill« und dafür, daß er mich den Großteil von dem wenigen gelehrt hat, was ich über Musik weiß; Michael Blackburn für die Veröffentlichung des Kapitels »Middle Eight« (»Mittelteil«) in der ersten Ausgabe seiner »Sunk Island Review«; Janine McKeown, Paul Daintry, Andrew Hodgkiss und Tony Peake für Inspiration und Hilfe. Außerdem bedanke ich mich bei dem Verlag Kinmor Music und dem Übersetzer Tom Ross, daß ich das Zitat aus »Fadachd an t-seòladair« (»Sehnsucht des Matrosen«) von John McLennan verwenden durfte. Die Version, die William hört, als er vor Karlas Fenster steht, stammt übrigens von Christine Primrose' wunderbarer LP »'S tu nam chuimhne«, erschienen bei Temple Records (TP024). Schließlich danke ich Warner Chappell Music Ltd. für die Erlaubnis, aus den folgenden Songs zu zitieren: »This Night Has Opened My Eyes«, »Girlfriend in a Coma«, »Girl Afraid«, »I Know It's Over«, »Alsatian Cousin«, »Panic«, »I Don't Owe You Anything«, »London«, »Miserable Lie«, »Well I Wonder«, »William, It Was Really Nothing«.

Der Abdruck der Notenzeilen in diesem Buch erfolgte mit freundlicher Genehmigung von Warner Chappell Music Ltd. Texte und Musik: Morrissey und Johnny Marr © Morrissey and Marr Songs Ltd.